二 見 文 庫

きらめく愛の結晶

アイリス・ジョハンセン／石原まどか＝訳

White Satin
by
Iris Johansen

読者のみなさんへ

　昔からフィギュア・スケートの大ファンでした。優雅でリズミカルな踊りはうっとりするほど素敵です。完璧な演技を目指して、厳しい特訓を重ねる選手たちのドラマも、たまらなく心をそそられます。

　そしてオリンピック！　技を競い合う興奮、金メダルを獲《と》る人生最大のチャンス！　作家としての意欲をかきたてられずにいられるでしょうか？　ぜひとも、オリンピックの金メダル獲得に生涯をかけたスケート選手を主人公に物語を書きたいと思いました。もちろん、これは情熱的なロマンス小説で、ダニー・アレクサンダーとアンソニー・マリクのストーリーを考えるのはとても楽しい作業でした。でもスポーツの世界も、多少なりとも垣間《かいま》見ていただけたらと思います。みなさんにフィギュア・スケートの美しさや興奮を味わっていただけましたら幸いです。

　どうぞお楽しみください！

アイリス・ジョハンセン

きらめく愛の結晶

登　場　人　物　紹　介

ダニー・アレクサンダー	フィギュア・スケート選手
アンソニー・マリク	ダニーの後見人。 元フィギュア・スケート選手
ボウ・ラントリー	ダニーのコーチ。アンソニーの親友
マルタ・ポールセン	ダニーのマッサージ師
ジャック・コワルト	スポーツ記者
ルイザ・ケンダル	アンソニーの元愛人
サミュエル・ダイナス	アンソニーの元後援者

1

どうか五・七が出ますように。ダニーは薔薇の花束をきつく抱きしめ、胸のうちで祈った。今まで満点の六・〇を出せた者はひとりもいないが、近いところまで行けるはず。ほんの数分前、ダニーは氷上に投げられた花束を拾いあげ、観客に向かってまぶしい笑顔をふりまきながら、ゆっくりとリンクを一周して退場してきたばかりだ。そのパフォーマンスも、ほかのすべてと同様に、アンソニーから教わった。「観客を喜ばせるんだ」彼は皮肉っぽい笑みを浮かべて言った。「それがきみの仕事だよ、ダニー」

けれども今日、ダニーが心配しているのは観客のことではない。審査員たちだ。観客の心をつかむのは得意だった。氷のリンクへ滑りでていくと、いつも大観衆の熱気や賞賛に包みこまれるのを肌で感じる。熱いまなざしや声援はものすごくうれしい。アンソニーが今日の決勝を観《み》に来ないとわかった今は、なおさら観客の応援が必要だった。

花束を持ち替え、薄い銀色のシフォンの衣装をそわそわと撫《な》でつけながら、ダニーは競技場の向こう側の審査員席から目を離せずにいた。「どうして早く採点してくれないの?」小声でこぼす。

「もうすぐさ」ボウ・ラントリーがなだめるように言ったが、彼もやや緊張した面持ちだ。

「あの三番目の審査員がいつも遅いんだよな」力づけるようにダニーの肩をつかむ。「生きるか死ぬかの裁定じゃあるまいし」ゆったりとしたボウの南部訛《なま》りが糖蜜のようにダニーの張りつめた神経をやわらげてくれる。「たった一回の競技で負けたって、選手生命が終わるわけじゃないんだぜ」

「アンソニーにそう言ってよ」ダニーはそっけなく答え、気を静めるために大きく深呼吸をした。「彼は失敗を認めない人だから。この全米選手権大会みたいに重要な大会の場合はなおさらね」

「たしかに」ボウは苦笑を浮かべた。「だがあいつが腹を立てるとしたら、ぼくに対してだけだろう。きみのコーチとして、全責任はこのぼくにあるんだからね。アンソニーに雇われてこの仕事をするようになって以来、あいつがきみに声を荒らげるのさえ見たことがないよ」

「一度もその必要がなかったからよ」彼はただ、凍《い》てつく北海の浮氷のように冷ややかなあのシルバー・グリーンの瞳で、じっと見つめるだけでよかった。そしてその鋭いまなざしでダニーの平凡な演技を徹底的にけなし、幼い頃のような心もとない気持ちにさせるのだ。いいえ、もっと悪いわ。幼い頃は優しくしてくれた。それでも愛想がいいというほどではなかったけれど、ジュニア選手権で優勝して以来、彼はすっかり無情な師と化してしまった。

技術点がスコアボードに表示されると、観衆から落胆の声があがった。ダニーは夢中で計算し、唇をかみしめた。一位になるには得点が足りない。

「心配いらないよ」ボウがなぐさめる。「芸術点で巻き返すさ。いつもそうじゃないか」

「かもね」ダニーは力なく応じた。

すぐにつぎつぎと得点が表示されはじめた。最初の得点よりさらに低かった。総合点はせいぜい五・六だろう。どうしても五・七が欲しかったのに。第二位。わたしは優勝できなかった。ああ、どうしよう、アンソニーはなんて言うかしら。

ふいにボウが、競技場に背を向けるようにダニーをくるりとふり返らせた。引き締まったハンサムな顔に自信たっぷりの笑みを浮かべ、温かな思いやりにあふれたはしばみ色の瞳でダニーを見つめる。「ハニー、しばらくこうして向きあっていよう」気さくな調子で言う。「きみならすぐに立ち直れるだろうが、TVカメラは敗者の表情を映したがるからね。残念がっているところを撮られたくないだろう?」

「ええ、見られたくないわ」ダニーは元気なく答えた。どんなときも明るい笑顔の仮面ははずすな、とアンソニーから教えられている。観衆の面前で泣き崩れたりしたら、彼はさぞ不機嫌に怒ることだろう。そう思ったらふいに不安や失望を上まわるほど激しい憤りがこみあげてきた。わたしにそれほど完璧を望むなら、どうしてそばで支えてくれないの？　なぜ観にきてもくれないの？　ダニーはけんめいに表情をつくろい、形ばかりの明るい笑みをボウに返した。「もう大丈夫よ」早口に言う。「目隠しになってくれてありがとう」落ち着き払った表情をカメラのほうに向け、これから表彰台に上がって二位のメダルを受け取り、優勝者のマージーを祝福する心の準備をした。なぜ、この時期にこんなことに？　今年のめぼしい大会ではすべて優勝してきたのに、オリンピックを一カ月後にひかえた今になって、あのマージー・ブランドンに負けるなんて。ほかの選手たちに同情されながら、カルガリーのオリンピックに参加することになるだろう。

「表彰の準備ができたようだよ」ボウがそっと声をかけ、リンクのほうへダニーを優しくうながした。「もうしばらく辛抱すれば、控え室に入って、マスコミを閉めだせる。スポーツ番組の記者が廊下で待ちかまえているが、ぼくがうまく脱出させてあげるよ」

「ありがとう、ボウ。頼りにしているわ」今度のダニーの微笑《ほほえ》みは温かな本物だった。ボウの優しい気遣いがなかったら、こんなときどうすればいいかわからなかっただろう。ダニーは表彰台へ向けて氷の上を滑りだした。繊細な姿で流れるように優雅に滑っていくさまは、彼女こそ勝者のようだ。シルクのようにつややかな赤い髪を結いあげ、誇り高く顔を上げている。

二十分後、控え室の前の廊下でスポーツ記者の質問をかわしながら、ダニーはうまく逃がしてやると自信たっぷりだったボウを疑いはじめていた。ほとんどの記者たちは同情的だったが、ジェイ・モンテスという記者だけはイタチのようにしつこくて意地が悪かった。ボウは何度もモンテスの魔の手から救いだそうと試みたが、まるで歯が立たない。

「あなたは過去二年連続して全米チャンピオンでしたね、ミス・アレクサンダー」モンテスが言う。「オリンピック直前に王座から転落するということの事態に、さぞや動揺されたことでしょう。これを受けて、練習メニューを変更するとか？」記者は武器のようにマイクを突きつけてきた。

「もちろん、うれしくはありません」ダニーは慎重に感情を抑えた口調で答えた。「でも練習のやり方はまったく変わりないでしょう。いずれにしても、この先一カ月は猛特訓するつもりです」

「あなたの敗北をアンソニー・マリクはどう受けとめるでしょうか？」モンテスは意地悪く黒い目を細め、ダニーのかすかな表情の変化も見逃すまいとしてたずねた。「今日は姿が見えませんが。女王の退位についてもう知らされているのですかね？」

「わかりません」ダニーは冷ややかに答えた。なんていやな小男だろう。スポーツ評論家のハワード・コセルのジャーナリスト養成学校で学んだに違いないわ。「まだミスター・マリクから連絡がないので、知らないのではないかしら。いずれにしても、わたしの後見人は今までどおりに惜しみない支援をしてくれるものと信じています」

「その支援についてですが」モンテスは言葉巧みにつづけた。「ミスター・マリクはあなたが子供のときから、二十万ドルもの資金をトレーニングにつぎこみ、そのおかげで今のあなたがあるわけですよね。ゲームをするのに持ち駒が弱くては、やはりうれしくはないでしょう。なにしろミスター・マリクは、あなたの年齢の頃にはすでにありとあらゆる賞を総なめにしていましたからね。オリンピックの金メダルは言うまでもなく。そのような有名選手が後見人であることに、プレッシャーはありますか?」

「いいえ、ありません」ダニーはきっぱりと答えた。「氷上でわたしが競う相手は自分自身です。それにほかの選手を目指そうとも思っていません。アンソニー・マリクはフィギュア・スケート界の伝説的存在ですから。彼のような不世出の天才と比べるほうが間違いです。それでも、スポーツ界においてわたしもそれなりの成績は残したいと思いますが」

モンテスはしつこく食いさがった。「なぜミスター・マリクは今回、観戦されなかったのでしょう?」

まったく、なんでアンソニーは来てくれないの？　こんなに必要としているときにかぎって。「ダイナス・コーポレーションの経営を引き継いで以来、とても多忙になってしまったので」ダニーは苦しい言いわけをした。「時間がゆるせば来ていたでしょう」

「あなたはこれから――」

「ミス・アレクサンダーをそろそろ解放してもらえますか」ボウが控え室のドアを開けてダニーをなかへ文字どおり押しやりながら、いんぎんに言った。「彼女はとても疲れていますし、このあと飛行機に乗る予定なので」手首にはめた細身の金時計に目をやる。「二時間後には」室内へ後退しながら愛想よく微笑みかける。「どうかご理解を」そしてドアを静かにきっぱりと閉じた。

肉づきのいいがっちりした体形のマルタ・ポールセンが駆け寄ってきた。「どうしてもっと早くダニーを助けだしてあげなかったのよ」ダニーを椅子に坐《すわ》らせて、その前にしゃがんでスケート靴のひもをほどいてやりながら、ボウを叱りつける。「よっぽどわたしが出ていって、ダニーを引っぱりこもうと思っていたところよ。あのモンテスって出しゃばり男はなんなの？　アンソニーがこの場にいたら、あんなやつ、鼻であしらったでしょうよ」大きな力強い手で器用にひもをほどきながら、ダニーを見あげて言う。「本来ならあなたが優勝して当然なのに。あのブランドンって娘、牛がスケートしているみたいじゃないの」

ダニーは首をふった。「彼女、よかったわ。去年から格段に進歩している」マルタのブロンドのくしゃくしゃ頭に、親愛のこもったしぐさで触れながら言う。「いつもそう言ってかばってくれるのね。でも今日のわたしは演技に集中できていなかった。それはあなたも気づいているはずよ」ダニーは向かい側の椅子に腰をおろしたボウに顔を向けた。「あなたもね、ボウ」

ボウはツイードのズボンを履いた長い脚をゆったりとのばした。「もっといい出来映えのきみを見たことはある」彼は正直に認めた。「最後のほうはいくぶん機械的だったな。だがテクニックは申し分なかったよ」

「機械的！」マルタがむっとして言う。「ダニーのスケートのどこが機械みたいだって？」

「今日はそうだったわ」ダニーは元気なく言った。「現実を直視しないと。わたしの技術点と芸術点は、どちらも平均以下だった」

「だからって、あのブランドンって牛娘がパヴロワみたいな天才ってことにはならないわ」マルタは青い瞳に思いやりをにじませて、不満げにつぶやいた。ダニーのもう片方の足からスケート靴を脱がせて、力強く熟練した手つきで足の甲をマッサージする。「がちがちにこっているわね。服を脱いで横になって。シャワーの前にほぐしてあげる」

ダニーは椅子の背にもたれて目をつむった。ああ、最高。マルタのマッサージの腕は超一流だ。母親のような包容力と、頼もしい腕と肩を備えたマルタは、いつもダニーの硬くこわばった筋肉を魔法の指でほぐしてくれる。「あと一分だけ、このまま坐ってくつろがせて」「悪いがダニー、時間がないんだ」ボウが言った。「マッサージもリラックスもおあずけだ。二時間後に出る飛行機が、デンバーからソルトレイクシティへ行く最終便なんだよ。アンソニーが、今夜は向こうでパーク・シティのホテルに泊まって、ゆっくり休めとさ」

ダニーは目を開けた。「それならご命令にしたがわないとね」皮肉っぽい笑みを浮かべて言う。「偉大なるご主人さまが、わたしたちのために取りはからってくださったのだもの、逆らってご機嫌を損ねるわけにはいかないわ」

ボウはゆっくりと身を起こし、しゃれたカットをしたブロンズ色の髪をかきあげた。「そうだね」金色の斑点のあるはしばみ色の瞳は悲しげだ。「アンソニーはぼくらみんなの大恩人だ。それに比べたら、彼の要求はごくささやかと言えるかもしれない」

「一年三百六十五日、毎日二十四時間の服従と奉仕を求めるだけですものね」ダニーは皮肉を言いながら自問した。どうしてこんな言い方をしてしまうの？　アンソニーには言いつくせないほど恩を受けているのに。傷ついた心が皮肉を言わずにいられないのかもしれない。ボウとマルタに驚きの表情で見つめられ、ダニーはよけいにいつもの自分らしくない辛辣な気分になった。「どうしてそんな顔でわたしを見るの？　われらが全能のご主人さまに対して、不敬罪を犯したとでも？　どうしてみんな、そんなに彼を怖《おそ》れるの？」

「ぼくはアンソニーを怖れてはいないよ」ボウは推し量るようにダニーの顔を見つめた。

「マルタもそうだと思う」わざとのんびりした口調で言う。「だがきみは怖れているようだね。今までちっとも気づかなかったよ。どうしてだい、ダニー？　アンソニーは昔からきみに対してはことのほか寛大だったじゃないか」

二十万ドル。ダニーは思った。彼はこの十二年間、お金や力で手に入れられるものすべてと時間とエネルギーをわたしに注いでくれた。ことのほか寛大に。ただし愛情だけはべつにして。でもアンソニーはもともと、誰にもその贈り物をしたことがない。自分がアンソニーを怖れていることに気づかされ、ダニーはショックを覚えた。愛情という名の贈り物を決して与えてくれない彼への苛立《いらだ》ちと切なさがこみあげる。「どうしてわたしがアンソニーを怖れているなんて思うの？」ダニーはボウの鋭い視線をさけて答えた。「あなたが言うように、あんなに寛大な人なのに」不満そうに首をふる。「ああ、頭が混乱して、なにもわからないわ。優勝を逃したことが、思いのほかショックだったみたい。わたしが今言ったことはみんな忘れて」

「いいとも」ボウはしなやかに椅子から立ち上がった。「楽しい気分じゃないのはぼくらも同じさ。だが、さっきも言ったように、これはまだオリンピックじゃない。すぎたことは水に流して、この経験から学ぶんだ」化粧台の上の電話がけたたましく鳴り、ボウは受話器に手をのばした。「ぼくが出るから、飛行機に間に合うように、きみは支度をしてくれ」受話器に向かって言う。「ラントリーだ」ふいにくつろいだ調子が消えた。「やあ、アンソニー」

ダニーはさっと緊張し、ボウの顔色をうかがった。

「ああ、彼女も一緒だよ。替わろうか?」アンソニーは断ったらしく、ボウは電話に出ようとするダニーに向かって首を横にふった。「まあね、大喜びはしていないよ。自分でも痛感しているようだ。ホテルに縛りつけてでもおかないと、明け方から日暮れまで猛特訓して体を痛めてしまいそうだよ」しばらくじっと聞いていたボウの顔に驚きの表情が浮かんだ。「本気かい? そうなると、これからの一カ月間の計画はすべて変更ということになるな」ボウは黙って話に耳を傾けている。ダニーはアンソニーの厳しい声が聞こえる気がした。「わかった。遅くとも明日の午後には彼女を連れていくよ」ボウは受話器を置くと、ダニーのほうを向いた。「テレビで試合を見たそうだ」気まずい顔で言う。「上機嫌とは言えなかったな。パーク・シティのホテルはキャンセルして、即刻ブライアークリフへ帰れとさ。明日、ニューヨークに着いたら、運転手のピート・ドリッセルがラガーディア空港で出迎えて、コネティカットまで連れていってくれることになった」

「ブライアークリフ」ダニーはつぶやいた。もう六年も帰っていない。あのときわたしは十四歳で、ジュニア選手権で優勝したばかりだった。すべてが一変したあの年。アンソニーが変わってしまったあの年。以来、さまざまなリゾート施設で訓練をつづけてきた。試合に備えていろいろなスケート場に慣れておき、自信と自立心を養うためだとアンソニーは主張していたが、唯一のわが家と呼べる場所から追い払われた本当の理由はべつのところにあるとわかっていた。アンソニーはわたしがじゃまになったのだ。あの忌まわしい二月の午後以来、わたしにまとわりつかれることに嫌気がさしたのだ。「本当に帰ってこいって?」

ボウはうなずいた。「アンソニーはそう言っている。だが大歓迎は期待しないほうがいい。ひどく不機嫌だったから」

アンソニーがどんなに不機嫌だろうとかまわないわ。ダニーは思った。ブライアークリフへ帰れるのだもの。アンソニーのもとへ。

「きみがそんなに興奮するなんてめずらしいね」ボウは不思議そうにダニーの緊張した顔を見て言った。

一同が乗った運転手つきのリムジンは電動式の門の前で停止した。運転手のピート・ドリッセルがダッシュボードのボタンを押すとロックが解除され、門が開いた。

「顔がきらきら輝いて見えるよ」ボウはつぶやいた。

「だって十四のとき以来、一度も帰っていないんですもの」マルタのふっくらした顔の横から、窓の外を夢中で見ながらダニーは答えた。窓際に坐ればよかった。「こんな電動式の門や石の塀は、前はなかったわ」

「そうかい？　ぼくがブライアークリフへ来たときはすでにあったけどな」ボウは肩をすくめた。「アンソニーがニューヨークにいないとき、ここへきみの報告をしに立ち寄るだけだが。おそらくもっと警備を厳重にする必要を感じたんだろう」

「こんなもの、ないほうがよかったのに」厳重な門構えはアンソニーと外界を隔てる防御壁のようにダニーには感じられた。丘の上のテューダー様式の屋敷は二階建てで、濃いピンクのれんが造りだ。クリスタルガラスの窓がきらめき、正面玄関の扇形の窓が温かな歓迎の雰囲気を醸しだしている。ダニーの両親が船の事故で亡くなり、この屋敷が売却されたとき、なぜアンソニーはここを買ったのだろう？　彼の好みとはまったく違うのに。子供心にダニーは気づいていた。家庭的でくつろげる屋敷のなかで、アンソニーは野生の豹《ひょう》のように居心地が悪そうだった。

「十四までずっとこの屋敷で育ったんだっけ？」ボウは質問してからすぐに自分で答えを思いだした。「そうか、アンソニーはきみの両親の友人だったね」額にしわを寄せて考えこむ。「たしかきみが八歳のときに事故でご両親が亡くなり、アンソニーがきみの後見人になったんだ。そこまで責任を引き受けるなんて、よほど親しい間柄だったんだろうな。アンソニーは父親タイプには見えないからね」

「そうね」ダニーはうなずいたが、それはかぎりなくひかえめな表現だ。「わたしが五、六歳の頃、彼がときどき滞在していたのを覚えているわ」けれども実際は、金持ちで遊び好きのダニーの両親とはそれほど親しいわけではなかった。アンソニーの魅力的な笑顔のベールの向こうに、嫌悪に近い感情がときおり垣間見《かいまみ》えることがあった。子供の直感でダニーはそれを察し、両親がなにも感じないのを不思議に思ったものだ。気づくべきではなかったのかもしれない。両親は自分たちの楽しみと関係ないことに関してはかなり無頓着だった。

まったくおかしな話だ。アンソニーはたんなる好意や義理以上のものはなにも感じていないはずなのに、なぜわたしの後見人などを引き受けたのだろう？　わけがわからなくなり、ダニーは首をふった。リムジンは正面玄関の前でなめらかに停《と》まった。どうして今まで、アンソニーの動機について考えてみもしなかったのかしら。それはこの十二年間、彼こそが法律であり、決して解けない謎だったからだ。

後部席のドアを開け、マルタとダニーが降りるのを手伝うピート・ドリッセルという運転手は物静かで礼儀正しい青年で、玄関で出迎えた黒いジャケット姿の白髪交じりの執事らしき男性もやはり見覚えはなかった。

「ミス・アレクサンダーですか？　わたくしはポール・ジェンズと申します。ミスター・マリクが書斎でお待ちです」申し分のない礼儀正しさで執事の男性は言った。「お着きになりしだい、すぐにお越しいただくようにとのことでございます。お荷物のほうは以前お使いになっていたお部屋へ運ばせておきます。ミスター・ラントリーとミス・ポールセンは、わたくしがお部屋へご案内いたしましょう」いんぎんながらうむを言わさぬ口調に、ボウはダニーに向かって肩をすくめてみせると、マルタと一緒に広々とした寄せ木張りの玄関ホールを執事について歩いていった。

「どうやらひとりで怒れるライオンに立ち向かわなきゃならないようだね」ボウはカーブした広い階段を上がりながらダニーに言った。「ディナーの席で会おう」

「無理してつきあわないようにね」マルタが忠告する。「あなたは少し休まないと。飛行機でもほとんど寝られなかったでしょう。ただでさえ過密なスケジュールなんだから、これ以上疲れを溜《た》めてはだめよ」

「あなたのアドバイスをアンソニーに伝えるわ」ダニーはベージュのカシミアのコートを脱いで腕にかけながら、皮肉めかして言った。「どうせ無駄でしょうけど」どうやらアンソニーは、久しぶりに帰ったブライアークリフに慣れるひまもくれず、大失態についての釈明を求めるつもりらしい。

壁際の長椅子にコートを置くと、ダニーはすぐさま書斎へ向かった。つややかなマホガニーの縁取りの大きな楕円形《だえんけい》の鏡の前で一瞬足を止め、高く結いあげた赤い髪を手ぐしで整える。いやだわ、ひどい顔。華奢《きゃしゃ》で繊細な顔がふだんにもましてやつれて見え、濃く長い睫毛《まつげ》に縁取られた暗褐色の瞳の下に薄紫のくまができている。尊大な後見人のアンソニーと対面するには、あまりにか弱くはかなげな印象だ。もっとも、最高に調子のいいときでさえ、彼の前ではマスコミに対するような自信たっぷりの態度を示せたためしがないのだけど。

書斎の重厚なオーク材のドアの前で立ちどまり、深呼吸をひとつする。ばかみたい、こんなにどぎまぎするなんて。とって食われるわけでもあるまいし。ダニーは意を決してドアをノックした。

「入りたまえ」

アンソニーは中央に据えられたマホガニー材のデスクを前に、大きな革張りの椅子にかけていた。あいかわらず精力的で、抗《あらが》いがたいほど魅力的だ。

普段着のジーンズにあわせたクリーム色のクルーネックのセーターが、浅黒い肌とつややかな黒髪を引き立てている。優美に引き締まった全身には脂肪のかけらもなく、逞《たくま》しい肩や腿はしなやかな筋肉で覆われている。

戸口に立つダニーを見て、シルバー・グリーンの瞳にほんの一瞬だけ感情が揺らめいたが、すぐに消えてしまった。アンソニーはデスクの横の濃い赤茶色の椅子に坐るようダニーに手招きした。「坐りなさい、ダニー。待っていたよ」書類をわきへどけると、腰丈のキャラメル色のセーターと同系色のスラックスから焦げ茶色のショートブーツまで、ダニーの全身を冷ややかに眺めた。「またやせたね。昨日、テレビできみを見て、そうじゃないかと思っていたんだ。ボウの話では練習のしすぎで、じゅうぶんに食事も摂《と》らないそうじゃないか」

「それはボウの誇張よ。少なくとも練習に関してはね」ダニーはわざと不まじめな態度でドアを閉め、アンソニーが示した椅子のほうへゆっくりと近づいた。「昨日の大会の結果を思えば、いくら練習しても足りないくらいだもの」椅子に腰かけ、もの問いたげに眉を上げてみせる。「それでわたしをここへ呼んだんでしょう?」足元に目をやると、書斎の床一面にキリム織りの絨毯《じゅうたん》が敷きつめられていた。「絨毯のことで呼ばれたのなら、とても素晴らしい品ね。おかげで自分のみすぼらしさがいっそう引き立つわ。見覚えがないけれど、新しく買ったの?」ダニーはかすかに挑むようなまなざしで、アンソニーを見つめ返した。「わたしがここを出てから、いろいろと変えたみたいね。新しい門や塀に、使用人、新しい家具」

アンソニーは椅子の背にもたれて脚を組み、推し量るように目を細めてダニーを見ている。「自分の家だから、もっとぼく好みにしたいと思ってね」ことさらゆっくりと言う。「ほかの誰かが選んだ使い古しでは満足できないんだ」アンソニーは皮肉っぽく微笑んだ。「たとえその使い古しが高価なアンティークでもね」口元の笑みが消える。「だがきみと話したいと思ったのは、べつの理由からだ」

「わかっているわ、こんなに超特急ではるばる呼び寄せられたんだもの」ダニーはそっけなく答え、アンソニーの肩の辺りに視線をそらして神経質に唇を湿した。なにを考えているのかわからない彼の浅黒い顔は威圧的で、まっすぐに見つめることができなかった。離れているときは大げさにイメージしすぎだと思うのだが、会ってみるとやはり彼には抗えない威圧感がある。いわゆる正統派のハンサムではない。頬骨は高すぎるし、豊かな唇はあまりにも官能的で、頑丈そうな顎も美形と呼ぶにはほど遠い。しかしそれぞれのパーツが組みあわさり、不思議と魅惑的な顔立ちになっている。冷徹な表情の裏には抑圧されたエネルギーが秘められている。今日はいつにもましてその不穏な空気を強烈に発しているのを感じ、ダニーは落ち着かない気分になった。「まわりくどい言い方はやめにしない？　わたしは全米選手権で敗れた。どこが悪かったのかわからないけど、必ず欠点を見つけて、どんなにこの身を削ろうと改めてみせるわ」深く息を吸い、冷ややかなグリーンの瞳をまっすぐに見つめた。互いの視線がからみあい、ダニーは心の奥で自信が揺らぐのを感じてパニックになりかけた。

「失望はさせないわ、アンソニー。オリンピックには万全の態勢で臨むつもりよ」

「きみなら当然そうするだろう」アンソニーは厳しさのにじむ声で言った。「ぼく自身で監督するつもりだ。きみが昨日、勝てない理由はひとつもなかった。技術的にも芸術的にも、マージー・ブランドンよりはるかに上をいっていた。しかしまるで操り人形のようだった。六年前のジュニア選手権ではもっと覇気が感じられたのに」

「改める努力をするって言ったでしょう」ダニーは弁解した。「トレーニングの監督であなたの貴重な時間を無駄にしなくても大丈夫よ。忙しいでしょうから」

「昨日のあのくだらないスポーツ記者にもそう言っていたな」険しい表情でアンソニーは言った。「忙しいかどうかはぼく自身が判断することだ」

「たしかにそうかもしれないけど」ダニーは努めて軽い口調で返した。「近頃はあんまりにもお偉い会長さんになってしまったから、お手を煩《わずら》わせては申しわけないと思って」一瞬、言葉を切る。「ボウとマルタを雇ってわたしをブライアークリフから追いだして以来、あなたにじきじきにコーチしてもらうことなんて、一度もなかったじゃない」

「腕が鈍ったと思っているのかい？」おもしろがるように笑みを浮かべてアンソニーはきき返した。「きみに必要なことを教えるだけの技術はまだじゅうぶんに備えているよ」

「そういう意味じゃ……」ダニーは口ごもった。アンソニーの影響力の強さが腹立たしい。彼の前では決まって緊張してしまう。「そんなつもりで言ったわけじゃないのはわかっているでしょう」ダニーは用心深く言った。「フィギュア・スケート界随一の天才というあなたの名声は今も健在よ。あなたがアイス・ショーを引退して、ダイナス・コーポレーションを継いだときは、スポーツ界全体に衝撃が走ったわ」

「じゃあ、ぼくのつたない指導を受けてくれる気はあるんだね？」アンソニーのまなざしにはかすかな笑みが感じられた。

「わたしに選ぶ余地なんていつあったかしら」ダニーはわざと軽薄な感じで答えた。「どうせ今までみたいに、わたしとわたしのキャリアについて、あなたは自分にとって満足のいくようにするだけでしょう」

「いつもそうだったわけじゃない」アンソニーの声が深みを増し、抑えたなかにも張りつめた響きを帯びた。「だが今後はそのつもりだ。きみのために警告しておくよ、ダニー。近頃のぼくはこらえ性がなくなってきているんでね」

「そんなに金メダルを獲《と》らせたいの？」ダニーは困惑して言った。「徹底的に特訓を受けるって言ったでしょう。結局、メダルはわたしじゃなく、あなたのものになるわけよね。そのためにさんざん投資してきたんですもの。あなたの金メダルを獲得してあげるわ、アンソニー」

「違う！」アンソニーの言葉のあまりの激しさにダニーは息をのんだ。「ぼくは自分の金メダルを持っている。きみのものを欲したりはしない。カルガリーで優勝するとしたら、それはきみの功績だ。きみ自身の勝利であって、ぼくのものでもボウのものでもない」

「もちろん、わかっているわ」ダニーはたじろいだ。すごい剣幕。どうして？　なぜあんなに燃えるような目をしているの？「ただどれだけあなたにお世話になったか……」

「黙ってくれ！」驚きに目を丸くしたダニーを見て、アンソニーは深く息をすると、いつもの冷静さを取り戻した。「きみは自分でなにを言っているのかわかっていない」

ダニーの胸の奥がずきんと疼《うず》いた。「わたしはもう子供じゃないのよ。そういう言い方はやめてもらえるとうれしいんだけど」

「きみが子供じゃないのはわかっているさ。むしろ、子供時代なんかなくて、生まれたときから大人だったんじゃないかと思っているくらいだよ」アンソニーは口元をゆがめた。「お互い似た者同士ということかな」ダニーが部屋に入ってきたときに置いたペンをふたたび手に取り、漫然ともてあそぶ。「だからこそ、きみと接するのがときどきひどく厄介なんだ。きみの内面は大人びているのに、それを調律して磨きをかけるだけの経験はない」

「厄介？」

「なんでもないよ」アンソニーは一瞬ペンを握りしめてから、ゆっくりと放した。「オリンピックが終わったら話そう」

「わかったわ」ダニーは驚きのあまりあっけにとられていた。今にも爆発しそう。こんなアンソニーを見るのは初めてだ。なんだか落ち着かない気分になり、ダニーは立ちあがりかけた。

「まだ話はすんでいないよ」アンソニーはぶっきらぼうに言った。「坐りなさい、ダニー。昨日のきみの演技はひどいものだった。しかしわざわざデンバーから呼び戻したのは、そのせいではない」

「違うの？」

アンソニーは一番上の引きだしを開けて、折りたたんだ新聞を取りだした。「これが理由だ」彼は口をひき結び、冷たいまなざしでダニーに新聞を手渡した。「ずいぶんと仲がよさそうだが、いつ頃からつづいているんだ？」

一昨日《おととい》の晩、〈デンバー・ポスト〉紙でその写真を見ていたが、全国紙にまで載っていたとは知らなかった。「彼はただわたしの肩を抱いただけよ」ダニーは頬が赤くなるのを意識しながら、早口に言った。なんにもないのに、こんなにやましい気分になるなんてばかみたい。「べつに熱烈に抱きあっているわけじゃあるまいし。恥じるようなことはなにもしていないわ」

「そうなのかい？」アンソニーは小ばかにした口調で言い、デスク越しに手をのばしてダニーの手から新聞を奪い返すと、ゆっくりと几帳面《きちょうめん》に丸め、ごみ箱に放りこんだ。「ぼくは非常識だと思うね。じつに非常識だ。まだ答えを聞いていないよ。この関係はいつからつづいているんだ?」

「関係だなんて」ダニーは愕然《がくぜん》として言った。「ジャック・コワルトとは、何度かディナーに出かけただけよ」

「それだけかい?」

「お芝居と映画にも一、二度出かけたわ。それのどこがいけないの?」

「じゅうぶんいけないとも」アンソニーは冷ややかに目を細め、ダニーを見つめて言った。

「どうりで、写真であんなに親しげだったわけだ。コワルトとまだ親密な関係でないとしても、いずれそうなるのは時間の問題だろう」

「ただの友だちよ」ダニーは瞳に怒りをくすぶらせて言った。「彼はスポーツ記者で、今度のオリンピックではフィギュア・スケートの代表チームを担当していて、わたしはそのチームの一員というだけのことだわ。日常的に行動をともにしているんだから、たまに一緒に出かけるぐらいはあたりまえじゃない?」

「コワルトは元フットボール選手で、フィギュア・スケートのことなんかこれっぽっちも知らないんだぞ。番組ディレクターのクリスティ・モレノがやつに手取り足取り教えてやっていなけりゃ、とっくに大恥をかいているさ」

「彼はちゃんと自覚しているわ」ダニーはコワルトをかばって言った。「スケートの取材も自分から望んだわけではないけど、なるべく早く学ぼうと努力しているのよ」

「学ぶならほかの人間からでもできるだろう」アンソニーはそっけなく言った。「クリスティ・モレノがつきっきりでプロ指導してくれるさ。きみはあいつには二度と会うな」

「二度と会うなって……」ダニーは耳を疑った。「どんな権利があってわたしの私生活に指図するの？　わたしがこう言ったらどう思う？　〝ルイザには二度と会わせない〟って」瞳に怒りをたぎらせて言う。「まだルイザでしょう？　それとも今度はべつの愛人？　持久力で金メダルをもらえるくらい大勢の愛人がいるものね」

「まだルイザだよ」アンソニーは唇をひき結んだ。「ぼくのスタミナをそんなに高く評価してもらえてうれしいよ。だが、あのスポーツはただ楽しめばいいだけだからな」

「そんなこと知らないわ」ダニーは歯がみして言うと、椅子から立ち上がり、マホガニーのデスクに両手をついて身を乗りだした。「でももしその分野の知識を広げたくなったら、そうするつもりよ。フィギュア・スケートに関しては指示を仰ぐけれど、プライベートで会う相手まであなたの指図は受けませんから」

「あるいはベッドの相手も？」アンソニーはからかうように言った。

「ええ、そうよ。あなたには関係のないことでしょ」

「大いに関係があるとも」アンソニーはやんわりと警告をこめて言った。「元クォーター・

バックのそいつがきみになにかしたら、ぼくはただちに反則行為とみなす」彼のシルバー・グリーンの瞳は冷たい怒りに燃えていた。「カルガリーでのオリンピックが終わるまでは辛抱するつもりだが、これ以上ぼくを挑発しないほうがきみのためだぞ。あの男には二度と会うな」

「あなたの言っていることがちっとも理解できないわ」ダニーは怒って言い返した。「さっきから遠まわしな言い方ばかりして、今日のあなたは本当に変よ」

「そうかい?」アンソニーはにこやかな笑みを浮かべたが、目は笑っていなかった。「でもきみになにがわかる? ぼくのことなど、なにひとつ知らないじゃないか」

ダニーもそれはわかっていた。寂しさで胸の奥が疼いた。「あなたが教えてくれないからよ」とまどいと怒りに声を震わせて言う。「遠ざけているのはあなたのほうじゃない」

アンソニーの表情が固まった。「そうだな」静かに言う。「そろそろ変わってもいい頃だ。今後はきみが望むときに近づいてくれてかまわない。あまりにも長く待っていたせいで、つい気が昂《たか》ぶってしまったよ。もう少しだというのに。ぼくの忍耐力をこれ以上試さないでくれ」一瞬言葉を切り、アンソニーは言った。「ジャック・コワルトをきみの恋人リストからはずすんだ」

「結局、その話?」ダニーは指をぱちんと鳴らした。「どうしてなの?」こみあげる涙で喉が苦しい。「彼はわたしに優しさと友情をさしだしてくれたわ。彼といると、自分は特別な存在だって感じられるの。スケート選手というだけでなく、ひとりの女性としてね」ダニーは震える息をついた。「あなたが急に寛大にも友だちになろうと申し出てくれたからといって、なぜ彼との友情をあきらめなきゃいけないの？　明日にもあなたの気が変わって、わたしに興味をなくすかもしれないのに？　あなたは信頼できる友だちになるとは思えないわ、アンソニー」

アンソニーの瞳を一瞬よぎった感情は、ほかの男性ならば傷心と受け取れるものだった。

「なってみないとわからないだろう？　この十四年間、ぼくはそれほど悪い友だちではなかったと思うが」

「あなたはなにもかも与えてくれたわ」ダニーはかすれる声で言った。「ほとんどすべてを」きびすを返し、ドアへ向かう。ふり返った彼女の瞳は涙のせいか光っていた。「昨日はどこにいたの？　あなたを必要としていたのに」

アンソニーは首をふった。「いいや、きみは誰のことも必要とはしない。覚えておくんだ」

違うわ。わたしにはあなたが必要よ。なのにあなたは来てくれなかった。「あなたのように強い人間ばかりじゃないのよ」ダニーは毅然《きぜん》と顔を上げて言った。「それに氷でできているわけでもないわ」

「きみは自分が思うよりはるかに強い人間だ。いつかそれに気づくだろう」アンソニーは口をひき結んだ。「それときみの満足のために言っておくが、今のぼくは氷の彫像とはほど遠い気分だよ」

「昨日はどこにいたの?」ダニーは食いさがった。

アンソニーは口を開きかけて、言葉をのみこんだ。そして無表情で言った。「きみが記者に言っていたように、ぼくは忙しい身なのでね」

鋭い痛みがダニーの胸を突いた。「ほらね? 信頼のおける友だちにはなれないって言ったでしょう」声を震わせて言った。「友だちっていうのは、気持ちを理解してくれて、必要なときにはそばにいてくれるものよ、アンソニー」背を向けて、ドアノブに手をかける。

「ダニー」

ダニーは待った。

「ぼくはこのいまいましい世界の誰よりもきみのことをわかっているつもりだ」言葉の端々にみなぎるエネルギーが感じられた。「それから、ただの友だちになりたいと言った覚えはまったくないよ」

2

ダニーはドアを閉め、しばらくもたれかかった。胸が激しく高鳴り、怖れと驚きと奇妙な興奮が全身を駆けめぐっている。最後のアンソニーの謎めいた言葉は、本当に文字どおりのことを意味していたのだろうか？　今まで被後見人に対する関心以上のものを示したことなど一度たりともないというのに。わたしはたんに彼がこしらえた作品にすぎなかった。今夜の彼の態度がおかしいのは、性的関心を抱いているからだなんて、そんなはずは絶対にないわ。

でももしそうだったら？　そう考えると、興奮とパニックで頭が爆発しそうだ。アンソニーがいともたやすく引き起こした強烈な化学反応に、ダニーはどう対処すればいいのかわからなかった。彼に対する思いはとても強く複雑で、うまく説明することなどできはしない。尊敬、英雄崇拝、憤り、依頼心。愛は？　そう、愛も。ずっとアンソニーを愛していた。怒りをつのらせたのもその愛ゆえだ。つねに冷静そのもので、氷のベールに固く心を閉ざしたアンソニー・マリクを愛する以上に、つらくやるせないことがあるだろうか？

アンソニーとわたしが恋愛関係に？　ああ、身の破滅だわ。アンソニーは女性にとって素晴らしい恋人だと評判だ。けれどもそれはあくまで交際期間中のことで、彼の情熱はいつもすぐに冷めてしまう。

アンソニーにいつか飽きられて捨てられると思うと、耐えられなかった。今度こそ完全に彼の人生から閉めだされてしまうかもしれない！　ダニーはパニックを覚えた。謎めいた黒い影のように、つねに背後で自分を支えてくれていたアンソニーのいない人生なんて想像もつかない。強くて、頭が鋭くて、自制心の権化《ごんげ》のようなアンソニー。自制を失った彼は、どんなふうなのかしら？　セーターの下で胸が張りつめ、腿のあいだに奇妙な疼きが広がった。欲情。

だめよ！　ただでさえアンソニーとの関係は複雑すぎるほどなのに。廊下を急ぎながら、熱があるように頬が熱かった。この熱いときめきは、前にも一度体験したことがある。六年前、エデンの園を追放されたあの日。アンソニーはわたしのその思いに気づき、冷酷無情にはねつけた。もう二度と、あの拒絶の苦しみは味わいたくない。

ダニーが長椅子に置いてあったベージュのコートをつかみ取ると、ピート・ドリッセルがらせん階段を下りてきた。「お荷物をお部屋へ運んでおきました、ミス・アレクサンダー」

「ありがとう」ダニーはコートをはおりながら、うわの空で返事をした。「ピート、申しわけないけど、もう一度ニューヨークまで送ってもらえないかしら？　長旅なのはわかっているんだけど、お願いできたら本当にありがたいわ。どうしても片づけなきゃいけないことがあって」まったくの嘘《うそ》でもない。アンソニーとまた顔をあわせる前に、この荒れ狂う感情の嵐を静めておかないといけないのだから。全身の神経が波立っているこの状態では、ディナーの席で向かいに坐ったとたん、どうにかなってしまいそうだ。息をつく場所が必要だわ。

運転手は驚きの表情を浮かべたものの、礼儀正しく応じた。「かしこまりました。お安いご用です。お部屋からスーツケースをお持ちしましょうか？」

ダニーは首をふった。「ひと晩過ごすだけだから、必要なものは向こうで買うわ」一刻も無駄にしたくなかった。またアンソニーに会う前にここを出なければ。まだ事態に直面する覚悟はない。アンソニーに粉々にされた冷静さの仮面を多少なりとも修復し、むきだしになった神経をなだめることが先決だ。ダニーはコートのベルトを結び、ショルダーバッグを肩にかけると、困惑顔のピート・ドリッセルをあとにしたがえ、大急ぎで玄関を飛びだした。

「わけを話してくれる気はあるのかい？」ジャック・コワルトは、赤いチェックのテーブルクロスの上にウェイトレスが置いていったポットから、ダニーのカップにコーヒーをつぎながら穏やかに言った。温かな茶色い瞳でさぐるように彼女を見つめる。「それともぼくは行儀のいいディナーの相手として、きみがひどく動揺していることには気づかないふりをしていればいいのかな？」

「ええ、無視してくれればいいわ」ダニーは笑顔をとりつくろって言った。「今さらそんなことを気にするの？　わたしがあなたの家の戸口にいきなり現れて、ディナーに引っぱりだしても、まばたきひとつしなかったくせに」

「きみの気が変わってしまうのが怖かったんだ」いかつい顔の彼が苦笑すると、少年っぽさがのぞいて魅力的だった。「きみが積極的に誘ってくるなんてめずらしいからね。今どきの進んだ《リベラル》女性にリードしてもらうほうが気が楽だよ」

「そうなの？」ダニーはいたずらっぽく顔をしかめた。「だったらあなたにコーチしてもらわなきゃ。毎日とにかく練習で、リベラル思想とか、そういう世の中の動きとは縁遠い生活をしているから」

「よくわかるよ」ジャックはコーヒー・カップに目を落とした。「この取材を引き受ける前は、きみたちスケート選手があれほどスポーツに身を捧《ささ》げているとは、まったく知らなかったよ。本当に驚きだ。どれぐらいつづけているんだい？」

「十歳で選手権大会に出場したわ。でもスケートをはじめたのは四歳からよ」ダニーはコーヒーにミルクを入れてかきまぜながら、遠い目をした。「ブライアークリフの敷地内に大きな池があって、冬になるとよく両親が友人を招いて、スケート・パーティーを開いていたの。わたしは夜こっそりベッドを抜けだして、お客たちの様子を眺めたものよ。木の陰に隠れて、背の高いハンサムな男の人やきれいで上品な女の子たちが、翼が生えたように池の上を滑る姿に、何時間も見とれていたわ」ダニーは思い出に耽《ふけ》るように微笑んだ。「まるで魔法がかかっているみたいだった。月光に池の氷が銀色にきらめいて。池のほとりに並んだランプの明かりが映って、氷のなかに炎が閉じこめられているみたいに見えたわ。初めてアンソニーを見たとき、その閉じこめられた炎に似ていると思った。黒いセーターに黒のジーンズ姿で、氷を破ろうと挑みかかる黒い炎のように回転しながら滑っていたわ」ダニーは目を上げて、ジャックを見た。「アンソニーのスケートを見たことがある?」

「一度だけ。オリンピックで金メダルを獲ったときに。素晴らしかったよ」

「素晴らしいなんてものじゃないわ。わたしが見たなかで最高に優雅で美しい滑りをするスケート選手よ。それにエネルギッシュで情熱的で、技術面でも芸術面でも完璧な天才と呼ぶにふさわしいわ」ダニーはかぶりをふった。「もちろん、あの頃はほんの子供だったから、そんなことはわからなかったけど。覚えているのは、彼とすれ違う人たちが火傷《やけど》しないのはどうしてかしらって思ったことだけ。ほかのパーティー客とは明らかに違っていたわ。みんな楽しそうに笑っているのに。ふつうのパーティーでは、体に触れあったりしないでしょう。

ダンスをするときも、少し距離を開けているわ。でもスケートは違う」ダニーは言葉に困って肩をすくめた。「うまく説明できないけど」

「よくわかるよ」ジャックは優しく言った。「それじゃあ、パーティーに出たくてスケートを習いはじめたんだね？」

ダニーは首をふった。「両親がゆるすはずがないってわかっていたわ」口元をゆがめて言う。「子供はふさわしい年齢になるまで子供部屋に追いやっておくのが正しいことだと、頭から信じているような人たちだったから。わたしはパーティーに出たかったわけじゃなくて、あの魔法をほんのちょっぴりでも自分で味わってみたかったの。子守の女性をさんざん脅したりすかしたりして、ようやくスケートの練習をさせてもらえるようにしたわ。彼女はひどく不満そうだったけど。わたしが練習しているあいだ、寒風吹きすさぶ池のほとりに坐って見ていなくてはならなかったから。わたしはいったんはじめるとなかなかやめなくて、ずいぶん困らせたと思うわ。でもスケートの虜《とりこ》になってしまったの」ジャックが同情のまなざしで見つめているのに気づき、ダニーはそれを払いのけるかのように首をふった。「今もそうよ」

「きみは毎日六、七時間、氷の上で練習して、それからさらに二時間バレエのレッスンをしているよね」ジャックはゆっくりと言った。「もう一歩も踏みだせないほど疲れきっても、なおがんばろうとする。それほどスケートはきみにとって大事なものなのかい？」

「ええ、そうよ」ダニーはきっぱりと答えた。「ずっとそう確信してきたわ。わたしがスケートをする動機を、あなたはどう考えていたの？」

「ときどき思うんだ」ジャックはコーヒーをひと口飲んだ。「アンソニー・マリクが理由じゃないのかなって」

ダニーは身を硬くした。「この二年ほど、新聞に書きたてられているばかげた記事と同じようなことを言うのね。世界選手権大会で優勝して以来、アンソニーは策略があってわたしに投資しているのだろうってコラムニストたちは推測しているけど、彼がわたしに無理やりなにかをさせるなんて絶対にありえないわ。ただ必要な援助を惜しみなく与えてくれるだけ。わたしが必死に見えるとしたら、それは彼に命じられているからじゃなくて、自分自身の野心のためよ」

「わかった、わかったよ」ジャックは手でなだめるしぐさをしながら言った。「きみの後見人をけなすつもりはなかったんだ。むしろ、ある意味では尊敬しているよ。ただ、昨日の大会のあとで厳しく叱られたのかなって思っただけさ」

「それについてはほとんどなにも言われなかったわ」ダニーはそっけなく答えた。書斎での会話のことはもう考えたくない。ジャックに会いにきたのは、彼との気さくで温かい友情になぐさめを求めていたからだ。彼と話せば、張りつめた胸のうちが少しは楽になるかもしれないと思ったのだが、それもつかのまのことだった。アンソニーのことさえ考えなければ、あの会話も頭の隅に追いやってしまえるのに。ダニーはことさら明るく微笑んでジャックに言った。「ところで、積極的なアプローチの練習に、あなたをダンスに誘ってもいいかしら？　フロアで踊らない？」

地下のビストロをあとにする頃には、深夜をまわっていた。ダニーの火照った頬に真冬の風が吹きつける。粉雪が舞っていた。

ジャックはスウェードのジャケットの襟を立て、ダニーの手を取った。「朝まで雪は降らないはずだったのに。タクシーがつかまらないかもしれないぞ。天気が悪くなると、決まってやつらは雲隠れしちまうからな」

「あなたのアパートメント、わりと近くでしょう？　歩きましょうよ。少し新鮮な空気が吸いたいわ」

「ぼくのアパートメント？」ジャックは問いかけるように眉を上げた。「そういう誘いはこっちのせりふだろう。きみはなんでも上達が早いね。泊まっていくかい？」

「いいえ、散歩のあとで熱いココアを一杯ごちそうしてもらおうかなって」ダニーはジャックの腕につかまり、軽快に歩きだした。「それから電話を借りて、ホテルを見つけたら、温かいお部屋で雲のかなたから迎えのタクシーが来るまで待たせてもらうの」

「そんなタクシーを待つくらいなら、泊まればいいのに」ジャックはにやりとして言った。

「ぼくのベッドはきみのものだよ」ダニーにウィンクする。「プロになるとき、二百万ドルで売れたこの見事なボディもね。こんな誘いを断るのかい？　ビジネス・センスがないなあ」

「ビジネスに関してはまるで才能がないの。そういうのはアンソニーみたいな専門家にお任せすることにしているわ」

ジャックの淡い茶色の髪に降りかかる雪は、ほとんど目立たない。アンソニーの漆黒の髪なら、くっきりと雪片が際立って見えることだろう。ダニーは唇をかみ、そのイメージを無理に心から閉めだそうとした。この二時間ほどはアンソニーのことをすっかり忘れていられたのに。

一度思いだした彼のイメージはなかなか消えてくれず、いつのまにかジャックのアパートメントのすぐそばまで来ていた。通りの反対側に停まっていたグレーのメルセデスのライトが光り、タイヤをきしらせてUターンしたかと思うと、ほかの車から浴びせられるクラクションの嵐も無視して、こちらへ向かってきた。そしてダニーの脇になめらかに停まると、運転者が身を乗りだして助手席のドアを開けた。

「乗りなさい、ダニー」メルセデスの室内灯に照らされたアンソニーの顔は青ざめ、瞳は怒りで銀色に光って見えた。「見ての通り、交通の妨げになっている。さっきもすでに、きみが現れるのを待っていて、違反チケットを切られたばかりだ。これ以上は困るんだよ」アンソニーは敵意もあらわにジャックをにらみつけ、スポーツ記者をとまどわせた。「ダニーが帰らなくてはならないわけは察してくれるだろうね、コワルト。厳しい特訓をひかえて、ゆっくり休息させなくてはならないんだ」いんぎんな口調になってつづける。「元スポーツ選手なら、きみが思い描いている行為がどれほど体力を消耗するかわかっているだろう」

「アンソニー！」ダニーは憤然として言った。「なんの権利があってそんな――」

背後のバンがけたたましくクラクションを鳴らし、アンソニーの声は鋼のような鋭さを帯びた。「乗るんだ、ダニー。今すぐ」

アンソニーに大渋滞を起こさせたくなかったら、言われたとおりにするしかない、とダニーは腹を立てながらも考えた。親愛の情をこめてジャックの腕にぎゅっと抱きついてから放した。「行ったほうがいいみたい」ダニーは言った。「明日、電話するわ」メルセデスの助手席に乗り、ばたんとドアを閉める。「行きましょう。早くしないと、後ろのバンに追突されるわよ」

「だとしても驚かないよ」アンソニーはいとも冷静に歩道を離れ、車の流れに入った。「雪の降るニューヨークで車を運転していたら、誰でも気が立って当然だ」

「じゃあどうして、あなたは運転しているの？」ダニーはきつい声で問いかけた。「それより、なぜここにいるの？　わたしは無責任な子供みたいに逃げだしたわけじゃないわ。明日にはブライアークリフに戻るつもりだったのよ」

「明日のことはどうでもいい」アンソニーは窓に吹きつける雪より冷ややかな目でダニーを一瞥《いちべつ》した。「コワルトのベッドできみに夜を過ごさせたくなかった」

「どこで夜を過ごそうとわたしの勝手でしょう」ダニーはつっけんどんに言い返した。「プロとしての生活以外のことをいちいちあなたに報告する義務はないはずよ、アンソニー。その点ははっきりさせてあるつもりだけど」

「こちらの立場は、はっきりさせてこなかったね」アンソニーは言った。「これからは違う。今夜が明けるまでには、ぼくたちの関係についてきみは今よりもはるかに多くを理解しているだろう」

「ブライアークリフに帰るの？」

「この天候では無理だ。ぼくはマゾヒストじゃないからな。そういうふるまいをしてきたことは認めるが。今夜は都心にあるぼくのアパートメントに泊まろう」

「わたしはホテルのほうがいいわ」ダニーはかたくなにフロントガラスを見つめて言った。「途中で寄って降ろしてくれない？　明日の午後までにはブライアークリフへ戻るから」

「静かにしてくれ、ダニー」アンソニーはかろうじて怒りを抑えた声で言った。「ブライアークリフに戻ったピートから、きみをコールガールみたいにコワルトの家の玄関先に送り届けたと聞いて以来、さんざんな一日を過ごしたんだ。今夜はこれ以上、堪忍袋の緒が切れるようなことは言わないでもらいたいね」

「あいかわらずの専制君主ぶりね、アンソニー。わたしがしばらくあなたと離れていることにしたのは、それが理由だとは思わなかった？」

「思ったさ」アンソニーは苦々しげな口調で答えた。「ぼくが怯《おび》えさせたせいで、きみをコワルトのベッドへ送りこむ結果になったことを悔やんだよ」ウィンカーを出して、きらめくスモーク・ガラス張りの高層ビルの地下駐車場へ入っていく。「気が立っていたために、あんな間違いを犯してしまった」車を停めると、エンジンを切り、ダニーに冷ややかな笑みを向けた。「今日の経験にこりて、二度とこんな真似《まね》はしないよ。だからぼくから逃げようなんて思わないでくれ。もうきみをどこへも行かせるつもりはないぞ。一時間たりともね」ダニーは目に怒りをためて言い返そうとしたが、アンソニーは素早くドアを開けて外へ出た。

「おいで、部屋へ行ってから好きなだけぼくに怒りをぶつければいいさ」

いいわ、覚悟しなさいよ。ダニーは心のなかでつぶやきつつ、エレベーターのロックを解除してフロアボタンを押すアンソニーをにらみつけた。たしかに彼の言うとおり、わたしは怯えていた。でも怒りのあまり、そのことに今まで気づかなかった。

ブライアークリフとあまりにも異なるアンソニーの部屋を見て、ダニーは驚いて戸口に立ちつくした。全体がモダンですっきりとした男性的なインテリアで、ブルー・グレーに統一された壁や床に、ソファや椅子の濃紺のヴェルヴェットが際立っている。一段下がった造りのリビングルームに据えられたクロム・タイル製の暖炉も、モダンで直線的なデザインで、アンソニーがかがんでガスのスイッチを入れると、薪《まき》に火がついた。

「全然違うのね」ダニーはコートを脱いで安楽椅子にかけながら感想を言った。「ブライアークリフとは似ても似つかないわ」

アンソニーは立ちあがってジャケットを脱いだ。「同じにしなきゃいけない理由はないだろう？ ブライアークリフはきみの家で、ぼくのではないんだ。由緒ある屋敷の、骨董品《こっとうひん》やアンティークの家具であふれた居心地のよい内装は、ぼくの趣味にはあわないんでね」

彼の言うとおりだ。アンソニーと家庭的なイメージはまったく相容《あいい》れない。「由緒正しくても貧乏ではしかたがないもの」ダニーはそっけなく言った。「あなたが資金援助をしてくれた話は、マスコミからさんざん聞かされているわ」

「きみの両親が豪華ヨットや毎回二万ドルも費やすパーティーに夢中になる以前は、相当な資産家だったよ」アンソニーはダニーのコートを取りあげると、自分のジャケットと一緒に廊下のクローゼットにきちんと吊るした。「ご両親は万一のときのためにきみを守れるよう、信託資金を積み立てておくべきだったのに」

「先々のことまで細かく考えない人たちもいるのよ」ダニーは反抗的に言った。「少なくとも両親は幸せだったわ。それに、わたしの記憶が正しければ、あなたもそういうパーティーによく来ていたはずよ。何度もあなたを見たのを覚えているわ」

「そのとおりだよ」アンソニーは不思議な優しい笑みを浮かべて言った。「階段の上の鉢植えの陰や、池のほとりの白樺《しらかば》の木陰から、よくのぞいていたろう？　きみが風邪を引かないかと心配だったけど、しっかり厚着していたね」

「ええ、ちっとも寒くなかったわ」ダニーはうわの空で答えた。「わたしがのぞいていること、知っていたの？　誰にも気づかれていないと思っていたのに」

「あまりにも退屈で、ひまつぶしに辺りを見まわしていなければ、ぼくも気づかなかったろう」アンソニーはダニーの腕を取り、三段の階段を降りてリビングルームの暖炉の前に置かれたソファへ案内した。「オリンピックで金メダルを獲って、アイス・ショーの看板選手として活躍していた頃だ。有名になってちやほやされることがもの珍しかった」ソファに腰をおろしながら言う。「でもすぐに飽きてしまったよ。娯楽を人生の目的とする人々にはなじめなくてね。だから鉢植えのヤシの木陰からのぞくきみの真っ赤な髪と真剣な茶色の瞳を見つけるのが、ぼくの楽しみになった。一度、きみの姿が見えないときがあって、退屈でしかたがなかったよ。ご両親にはきけないし。明らかにきみがのぞいていることを知らないようだったからね。やっと使用人のひとりをつかまえてたずねてみたら、悪性の流感で寝こんでいるとわかった」アンソニーは唇をひき結んだ。「それでもきみの両親はパーティーをあきらめるどころか、どんちゃん騒ぎをひかえめにしようとさえしなかった」

ダニーはソファの向かいの肘掛け椅子に坐った。「両親のことが嫌いだったみたいな言い方ね」小さくつぶやく。ほっそりした顔に大きな瞳が際立って見えた。

「そのとおりさ」アンソニーは濃紺のヴェルヴェットのクッションにもたれながら、ぶっきらぼうに言った。「自己中心的で怠け者で頭も空っぽで、そんなご両親のことも取り巻き連中も大嫌いだったよ」

「あなたもそのなかのひとりだったじゃない」ダニーは辛辣に言った。「いやならパーティーに出なければいいのに」

「ほかにどうすればいいか、わからなかったんだ」暖炉の炎をじっと見つめながらアンソニーは言った。「まだ二十歳になったばかりで、子供の頃からがむしゃらに頑張ってきて、突然、なにもかも手にしてしまった。金も名声も女性も、すべてが足元にさしだされていた」口元をゆがめて苦笑する。「ところがそのどれひとつとして、本心から望んでいたわけではないことに気づいたんだ。なにかが欠けていた」

ダニーは困惑して目を見開いた。「だからわたしのためにお金を使ったの？」唇をかんでたずねる。「さんざん苦労して得たものが、すべて虚《むな》しいとわかったから？」

「違う」アンソニーは即座に否定した。「ぼくたちは夜と昼のように対照的だ。夜の闇と日の光。きみはスケートを愛している。スケートはつねにきみの一部でありつづけ、きみをより完璧にしてくれる要素だ」ダニーを見つめて言う。「ぼくの場合は、まったく違っている。ぼくにとってスケートは、貧しいみじめな境遇から抜けだす手段であり、青春時代の唯一の感情のはけ口だった。だからこそ、ぼくのスケートに深みや味が加わったんだろうと思う」アンソニーは肩をすくめた。「だが稼ぐだけ稼いでしまうと、観客の娯楽のために思いのたけを表現することが、自分はそれほど好きではないと気づいた」一瞬、口をつぐむ。「ぼくはきみが言うほど気前のいい人間じゃないんだよ、ダニー。与えるよりも奪うほうなのさ」

「どうしてそんな話をわたしにするの？」アンソニーの苦悩に張りつめた顔を見て、ダニーはたずねた。ふだんの彼はこんなふうに感情を吐露することはめったにない。

「話さなきゃならないからだ」アンソニーは苦しげに答えた。「ぼくが楽しんでいると思うかい？　どうすれば心を開いて、うちとけられるのかわからない。だがきみに対しては、そうせざるを得ないんだよ」

「どうして?」

「こうでもしなけりゃ、きみはコワルトのベッドへ行ってしまうからさ」アンソニーは一瞬、黙りこんだ。「そうなったら、ぼくはあいつを殺してしまうかもしれない」

無感情につぶやかれた言葉は、怒りよりも恐ろしく、ダニーは思わず身震いした。「本気で言っているわけじゃないでしょう?」

「いや、本気だ」アンソニーは言った。「ぼくがこれまで、冗談を言ったことがあるかい?だからここへ連れてきたんだ。自分がどんな状況に直面しているのか、きみにちゃんと理解してもらうためにね」彼はつかのま、ひどく疲れたような表情で目を閉じた。「ダニー、きみを傷つけたくない。そんなことをするくらいなら死んだほうがましだ。だが、待つのはあまりにも長かった」ふたたび開いた目の奥には深い苦悩が刻まれていた。「あまりにも長すぎて、もうこれ以上は待てないんだ」

「待つってなにを?」ダニーは締めつけられる喉の奥から、やっとのことで声を出した。

「きみさ」アンソニーはひと言で答えた。「ずっときみのことを待っていた」

ダニーはとっさに首をふった。「嘘よ」震えを止めようとするかのように自分の体を抱いた。「そんなはずないわ、あなたは一度だって――」

「気持ちを表現するのが苦手だって言ったろう」アンソニーは荒々しく答えた。「だからって感情がないわけじゃない。きみがほんの少女だった頃から、いつの日かぼくのものになるとわかっていたよ。すべての意味において。初めて言葉を交わしたあの夜から。きみはあの晩のことを覚えているかい、ダニー？」もどかしげに首をふる。「覚えているわけがないよな。まだ六歳だったんだから」アンソニーはうつろなまなざしで炎を見つめた。「あの日も雪が降っていた。屋敷のなかではカクテル・パーティーが催されていて、ぼくは人混みが息苦しくなり、ジャケットを着て外の空気を吸いに池まで歩いていった。ジーンズに白いセーターを着たきみが、ポニーテールの髪を炎みたいに揺らして、氷の上でスピンの練習をしていた。真剣な表情で、ぼくが出会った誰よりも、生き生きと情熱に燃えていた。全身に雪が降りかかるのもかまわず、夕暮れのなかで、灯台のように輝いて見えたよ。ぼくが池のほとりで見ているのに気づいて、きみはこちらへ滑ってきた」

アンソニーは思いだしながら笑みを浮かべた。「きみはにっこり笑ってこう言ったんだ。〝あなたのこと、知ってるわ。アンソニー・マリクでしょ。金メダルを獲った人よね。わたしはダニー・アレクサンダーよ。いつかわたしも金メダルを獲って、みんなから愛される人気者になるの〟」アンソニーは炎からダニーに視線を移した。「そのとき思ったよ。ここにひとり、すでにきみに魅了されている男がいて、生涯をかけてきみを想《おも》いつづけるだろうって」衝動的に拳を握りしめる。「そしてこれから気が遠くなるほど長い時間、待たなければならないこともわかっていた。ぼくは決して辛抱強い男じゃないんだよ、ダニー」

「どうかしているわ」ダニーは驚きにかぶりをふった。「そんなこと、ありえない」

「ぼくはそうは思わない」アンソニーは皮肉っぽく微笑んだ。「あの当時のぼくほど、独断的で皮肉屋の男はいなかっただろう。世界を自分の思うままにできるとうぬぼれていたところを、たった六歳のおませな少女に横面をはたかれた気がしたよ。その子にとっては、ぼくもほかの大人のひとりにすぎないんだって思い知らされて」

「わけがわからないわ」ダニーは呆然《ぼうぜん》と繰り返した。「どうしてわたしなの？」

アンソニーは肩をすくめた。「ぼくを完璧にしてくれるのはきみしかいないってわかったんだ」言いにくそうに、言葉につまりながら言う。「感情をほかの人間みたいに表に出すのが、苦手だって言ったろう。それまで誰かを好きになったことなど、一度もなかった。きみがぼくのことを氷の彫像だと非難したのも、まんざらはずれではなかった。きみはぼくにないすべてを持っている。温かさ、広い心、思いやり」一瞬、口をつぐむ。「愛情。ぼくはその温かさと愛情が欲しかった。あの当時も、そして今も」

「わたしはそんな――」

「愛してくれと頼むつもりはない」アンソニーは苦しげに言った。「人から愛されるたちの人間じゃないのは、自分でわかっているさ。たとえきみでも、むずかしいだろう。ぼくはただ、きみが欲しいと言っているんだ。ほかにもぼくらがお互いに与えられるものはある。今すぐ関係を結ぼうとか、そういうつもりはない。ただいずれきみはぼくのものになり、きみ自身もぼくのものになりたいと望むだろうことを、知っていてもらいたいんだ」

「そんなふうに気持ちを強要することはできないわ」ダニーはかすれ声で言った。胸が苦しくて、息をするのもやっとだった。

「なにも強要はしていないさ」アンソニーは静かに答えた。「きみは自分からぼくのもとへ来るんだ。ぼくが望むように、きみもこの腕に抱かれたいと望むようになるだろう。それ以外にぼくがなにを求めると思う?」アンソニーは苦笑まじりに首をふった。「感謝などいらないし、恩を感じる必要もない。怖れてもほしくない」最後の言葉にダニーが身を硬くするのを鋭いまなざしで見て取り、アンソニーは声をやわらげた。「そう、きみがぼくを怖れているのはずっと前からわかっていたよ。直感的に悟っていたのかもしれない。きみは知らず知らずのうちに、ぼくの想いの強さを感じ取っていたんだろう。ぼくに近寄りすぎたら、きみのなかに燃え立つ情熱の炎を奪い消されてしまうんじゃないかって」アンソニーの瞳に一瞬、火花が散ったように見えた。「そんなこと、するはずがないじゃないか。むしろ、いっそう燃え立たせるよ」片手をさしのべる。「こっちへ来て、たしかめてごらん」

いつもの激しさとは違う、アンソニーの穏やかな瞳の輝きに、ダニーは催眠術にかかったように強く惹《ひ》きつけられた。彼は今まで見たことのない、優しく無防備な表情を浮かべている。ダニーは夢でも見ているようにゆっくりと立ちあがり、彼のそばへ行った。ダニーの目をじっと見つめたまま、アンソニーはてのひらを上にしてさしだした。「さあ、おいで」なだめすかすように言われ、ダニーはためらいがちに彼の手を取った。

アンソニーの温かいてのひらに触れたとたん、電流が走ったように感じて、ダニーはとっさに手をひっこめようとしたが、彼はしっかりと握りしめてきた。「ほら、ちっとも怖くないだろう？　きみが今感じているのが、これからずっとぼくたちのあいだに起こりうるものなんだ。互いにひとつに溶けあうこの感覚が」

「子供に話しているみたいな言い方」ダニーはつぶやいた。暖炉の炎がアンソニーの男性的な頬骨を照らし、瞳のなかにも映っている。月夜の氷の下に閉じこめられたランプの炎のイメージが頭をよぎり、ふいに息苦しくなった。

アンソニーは優しくダニーを引き寄せ、大きく開いた脚のあいだに膝をつかせた。「きみが子供じゃないことはわかっているさ」彼が身を乗りだすと、喉元が激しく脈打っているのが見えた。「怯えたり動揺したりすると、きみはいつもそうやって驚いたガゼルのように気高く首をそらすね」アンソニーは親指でそっとダニーの喉元をなでた。「とても愛らしいよ」

「なぜあなたにこんなことをゆるしているのか、自分でもよくわからないわ」ダニーは神経質に唇をなめた。「どうかしてしまったのかも。ついさっきまで、あれほど頭に来ていたのに」

「ゆるしているのは、きみも心で望んでいるからだよ」アンソニーは片手で頬を包むようにしてダニーに顔を上げさせ、瞳をのぞきこんだ。「ほかの感情で埋もれさせているけれど、本心ではきみもぼくを求めているんだ」指先で彼女の頬骨をゆっくりとなぞる。「ときどき、きみの感じていることが手に取るようにわかる気がする。きみのなかに入りこんで、その目を通して見ているような錯覚に陥るんだ」アンソニーの指がダニーの唇を開き、温かく濡《ぬ》れた舌先をかすめた。「きみがぼくを性的に求めはじめた最初の瞬間もちゃんと覚えているよ。きみは混乱して怯えていたけれど、間違いなくぼくを欲していた」アンソニーは震える息を深くついた。「ペアになって、開脚ポーズで頭上に抱えあげる練習をしていたときだった。ぼくは両手できみの内腿を支えていた。何千回も同じことをしてきたが、突然、なにかが変化した。きみの緊張がてのひらに伝わってきて、見あげると、きみもこちらを見下ろしていた。あのときの表情を見れば、一目瞭然だった」アンソニーは親指の先でダニーの歯をかすめるようになぞった。「みぞおちを殴られたような心地がしたよ。まだ子供だとばかり思っていたのに、きみのまなざしは、ひとりの女性としてぼくが手ほどきしてもいい年頃になったことを物語っていた」

「あなたはわたしをブライアークリフから追いだしたわ」ダニーは口ごもりながら言った。「あなたの顔を見て、想いが知られてしまったとわかった。ばかな真似をした自分が恥ずかしかったわ」

アンソニーは首をふった。「きみをよそへ行かせるか、長年待ちつづけたことをすべて台なしにするかのどちらかだったんだ」欲求のせいで彼の声はかすれていた。「きみはまだ十四歳だったんだぞ！　あのままそばに置いていたら、十六歳までには恋人の関係になっていただろう。ぼくは自分を抑えられるかどうかわからなかった」

いいえ、わたしのほうこそ、衝動を抑えられなかったに違いない。ダニーは思った。この六年間、あのみじめな記憶を頭から閉めだしてきたのに、アンソニーに軽く触れられただけで、少女から大人の女性へと境界を越えたあの日の午後に初めて知った熱いうずきがありありとよみがえってくる。「あまり効果はなかったみたいね」全身が火照りに包まれるのを感じて、ダニーは目を閉じた。「でもたんなる欲望だけでは、長続きはしないと思うわ。あなたが言うように、わたしたちは正反対だから」

「それをきっかけにはじめればいい」アンソニーは親指の先で誘いかけるようにダニーの舌に触れた。「ぼくのこの気持ちはたんなる欲望だけにとどまらないが、きみが関心を示してくれるなら、最初はそれでかまわない」ゆっくりと顔を近づけて、温かい唇で彼女の舌を官能的にかすめた。「きっと素晴らしいものにしてあげるよ。だから、もしもぼくに対して欲望以上の気持ちを抱けなかったとしても、損にはならないさ」アンソニーは深く息を吸った。「さあ、黙って。きみにキスしたいんだ。きみを味わわせてくれ」

慎重にゆっくりと重ねられた彼の唇は、優しくダニーの唇と溶けあった。かろうじて抑えられた荒々しさが感じられ、彼の息は温かく、ミントの香りがした。彼がからかうように舌をダニーの口の端からふっくらとした下唇に這《は》わせると、えもいわれぬ興奮をかきたてられた。アンソニーは顔を離し、震える息を深々とついた。「こうすることをぼくがどれだけ夢見ていたか、わかるかい？　きみの味わいや感触を想像しながら、眠れずに横たわっていた夜が幾度あったことか。きみの体のことは昔から知りつくしている。持ちあげたり、腕に抱きとめたり、氷上で愛の行為のまねごとさえしてきた。けれどきみの女性としての反応を感じたことは一度たりともない。応えてくれ、ダニー。どうかお願いだ」アンソニーに頭を抱き寄せられると、目の粗いセーターの下で彼の心臓の激しい鼓動が感じられた。「きみに触れたい」アンソニーはダニーの髪にささやいた。「きみの感触をこの両手で感じてもいいかい？」

ダニーはどぎまぎして答えた。「わからないわ」あまりにも急な展開で、官能的な夢でも見ているようだった。暖炉の暖かさ、頬にこすれる彼のセーターの粗い肌触り、清潔な石けんの香り、彼に抱きしめられているこの感触。アンソニーに抱きしめられたいという欲求を、どんなに忘れようと努めてきたか。どんなに長いあいだ、こうされることを夢見てきたか。今、そのアンソニーが間近にいて、ふだんの冷たいよそよそしさとはうって変わり、わたしを熱く求めている。とても現実とは思えない。「あなたの言うとおりよ。わたしはあなたを怖れている」

「だからこそ、ぼくに愛させてほしいんだ」アンソニーがダニーの髪に指をさし入れると、ピンがはずれて髪がほどけた。「そうすれば、怖れることなどなにもないとわかるさ。きみを傷つけたりするものか」豊かな赤褐色の髪がつややかに背中に広がると、アンソニーは愛《いと》おしむように両手ですいた。「急《せ》かすつもりはないんだ。これから一カ月、きみがどれほどのプレッシャーに耐えねばならないかはよくわかっている。それが終わるまでは最後の一線は越えないと誓うよ」片手でダニーのうなじのこりを優しくマッサージしながら言う。「今はただ、お互いの体を知るだけだ」額にそっと口づける。「どんなにぼくがきみを欲しているか、わかってもらえるはずだ。そしてきみもぼくを欲するようになる」彼はダニーの耳を甘くかんだ。「ぼくの腕のなかで裸で眠れば、きみはぼくのもので、ぼくはきみのものだということがわかるだろう。そしてこれからはどちらも、ほかの誰かのものになることは決してありえないということも」

アンソニーはダニーの下唇に優しく歯を立てた。「もう少し待つつもりだったが、ぼくたちの関係がどれほど甘美なものになるかを教えてもいないうちに、コワルトのもとへ行かせたくなかった」飢えたように唇を重ね、喉の奥でうなり声を発しながら、無我夢中でキスをする。両手でダニーの腰をつかみ、セーターをたくしあげた。唇を離すと、わずかに抱擁をゆるめ、セーターを頭から脱がせて脇へ放った。驚くダニーの目を見つめたまま、ブラジャーのフロントホックに手をかける。

ベージュ色のレースのブラジャーを身につけたダニーの素肌は、暖炉の炎に照らされて淡い金色に輝き、驚きに大きく見開いた暗褐色の瞳には欲望が浮かんでいた。アンソニーはかすかに震える手でホックをはずすと、荒々しく息をついた。慎重に進めるんだ、と自分に言い聞かせる。全身を引き裂くようなこの渇望を、彼女に気取られてはならない。下腹部が硬くなり、胃の筋肉が引きつるのがわかる。ひと思いに服をはぎ取り、床に押し倒して奪ってしまえたらどんなにいいか。彼女が脚を巻きつけ、体を弓なりにし、情欲に煙る瞳で見つめてくるさまを想像すると、欲望のあまりどうかなってしまいそうだ。

完璧に自制できるつもりでいたのに。最後の一線は越えないと自信たっぷりに誓った自分を思いだして、アンソニーは苦笑いを浮かべた。ダニーはまだ準備ができていない。初めての経験に呆然としている。いまいましいコワルトのせいで、早まった行動を起こさざるを得なかったのだ。もう少し待ちたかった。いいや、ダニーのために待つべきだと考えているだけであって、本心はまったく違う。六年前のあの午後以来、彼女への想いに胸を焦がしてきた。まだ十四歳。彼女を欲する自分が忌まわしく、実際に凌辱してしまったような気がして激しく動揺した。初めて会った幼い頃から注いできた愛情でいくら包み隠そうとしても、刺すような激しい欲望は抑えようもなかった。つねに自制を心がけるよう努めていたが、胸のうちでは今にも爆発しそうな欲求をたぎらせていた。こんなふうに情熱をかきたてておきながら、本当に一線を越えないように自制していられるだろうか？　しかしコワルトをダニーの心から閉めだすいっぽうで、彼女の自由を保証する方法はこれしかないのだ。この六年間の懊悩《おうのう》では飽きたらず、またしても拷問に耐える日々を過ごすことになろうとは。アンソニーは自嘲した。

ブラジャーの前を開き、そっとストラップを肩からはずしていく。ああ、なんて美しいんだろう。完璧な丸みの小ぶりな乳房はつんと上を向き、濃いピンクの薔薇のつぼみがアンソニーの視線を浴びて硬くとがっている。この自分のために興奮しているのだ。触れられ、奪われることを求めて紅潮し、硬く張りつめる彼女の裸身を見つめていると、股間が痛いほど隆起するのがわかった。

「ぼくのそばへ来てくれ」アンソニーはかすれ声でささやいた。「お願いだ、ダニー。きみのその胸にキスして、可愛《かわい》がりたいんだ」ひざまずいているダニーを優しく膝の上に抱きあげると、あからさまな男の興奮のあかしを感じて彼女は驚きに目を見開いた。しかしありがたいことに怯えてはいないようだ。その代わりに暗褐色の瞳がいっそう濃くなり、喉元の脈が速まるのが見て取れた。彼女の敏感な反応がうれしかった。その美しい胸を目の粗いセーターにこすりつけるように抱き寄せると、ダニーは小さくあえいで、身をこわばらせた。

「やめて。痛いわ」

アンソニーは凍りつき、驚いてダニーの目を見つめた。細心の注意を払ってそっと愛撫《あいぶ》をしているのに？「痛いのかい？」

「いいえ」ダニーは混乱してかぶりをふった。「痛いんじゃなくて、熱いの。よくわからない。もう耐えられないわ」心臓が口から飛びだしてしまいそうで、ダニーは怖かった。炎のような荒々しい感覚が全身の隅々に信号を送っている。これはいったいなんなの？　わけがわからないけれど、アンソニーは察しがついたようだ。優しく微笑みながら、彼女を見下ろしている。

「セーターがざらついていたかな？」アンソニーはたずねた。「もっと肌触りをよくしてあげようか」ダニーの体を少しだけ離し、セーターを脱ぎ捨てると、下に着ていた黒いシャツのボタンをはずしはじめた。シャツの前をはだけた彼は、じっと静止した。暖炉の炎に照らされた銀色に輝く瞳で、そっとダニーを促す。「きみが脱がせてくれないか、ダニー。望みどおりにしていいよ」

望みどおりにする。それがアンソニーの貫いてきた主義だ。つねに大胆不敵で、望みどおりのものを手に入れてきた。だが今は、奪うのではなく、与える側にいる。

ダニーはためらいがちにアンソニーの肩に手をのばし、黒いシャツをつかんだ。目をつぶり、震える吐息をもらしながら、シャツを肩から脱がせていく。乳房がかすかに揺れて、硬くなった先端が柔毛に覆われた胸板をかすめると、アンソニーが鋭く息を吸いこむのがわかった。頭をもたせかけると、彼の激しい鼓動が耳に響いてきた。ダニーは猫のようにうっとりと頬ずりした。彼はとてもいい匂いがする。清潔で男らしいスパイシーなムスクの香り。男性的な生命力にあふれた彼の匂いに浸りながら、いつまでもこうして寄り添っていたい。硬くなった乳首をそっとなめてみた。かすかに塩気があり、温かくなめらかで、とってもいい味がする。唇で包むように優しく吸うと、アンソニーは筋肉をこわばらせ、ダニーは奇妙で原始的な喜びを覚えた。

「もてあそぶのはそのへんでやめてもらおうか」アンソニーはなかばうめくように、苦笑して言った。「でないと、お返しに同じことをしてしまいそうだ」ダニーの髪に指をからませて、顔をもたげさせる。うっとりと夢見るように瞳を見開いたその表情に、彼は思わず息をのんだ。ああ、どれほど長いあいだ、こんなまなざしで見つめてくれることを願っていたか。「そろそろベッドへ行く時間だよ、ダニー」かすれる声で言う。「今夜はぼくの腕のなかで眠ってくれるかい?」

ダニーはゆっくりとうなずいた。世界が圧縮されて、暖炉の炎を映した彼のシルバー・グリーンの瞳と、理性を狂わせる欲望を湛えて柔らかな素肌にすり寄せられるブロンズ色のしなやかな筋肉しか視界に入らない。「あなたがそうしてほしいなら」ダニーはささやくように答えた。

アンソニーが望むならなんでもする。ダニーははっきりと心を決めていた。彼への愛で胸があふれ、夢のなかにいるような心地だ。愛。アンソニーと愛を結びつけて考えないように、今までけんめいに努めてきた。ボウやマルタへの愛は安全であり、自由に表現できる。ジャックや今まで出会ったほかの男性たちに愛情を示すのも簡単だった。でもアンソニーだけはべつだ。よそよそしい壁の向こうで彼がなにを感じているのか、まったくわからなかった。でも知りたかった。彼がなにを考えているのか、知りたくてたまらなかった。ベールに隠された本当のアンソニー・マリクを見てみたい。ずっとそう願ってきた。ところが今、信じられないほど突然に、その彼がバリアを下ろして、わたしを招き入れようとしている。

「それでは足りないな」アンソニーは穏やかに言った。「きみもそうしたいと望むのでなければ」温かな手でダニーのすべすべした柔らかな素肌を官能的に愛撫しながら、優しく背中を抱き寄せる。「きみも望んでいると言ってくれ、ダニー」

目に見えない官能の糸で操られているように、ダニーの内腿がぴくりとひきつり、熱くとろけるものが全身をめぐった。「望んでいるわ」なかばあえぐようにかすれ声でささやく。「ぜひそうして、アンソニー」

アンソニーは羽根のように軽い口づけをしながらつぶやいた。「なんて可愛いんだ。無垢なきみにこんなことをしたら最低のけだものになった気がするだろうと思っていた。でも違ったよ。きみはぼくのものになる運命なんだ。じきにきみもそう確信するはずだよ。今はわからないかもしれないが」

ダニーを腕に抱きあげると、アンソニーはリビングルームの段を上がり、廊下へ向かった。ドアを開け放したまま、寝室へ入る。暖炉の炎に照らされた室内は、シルバー・グレーとワイン色で装飾がまとめられていた。ふかふかのワイン・カラーの絨毯に、シルバー・グレーのキングサイズのベッドがよく映えている。柔らかなベッドに抱き下ろされたダニーは、薄暗い室内でかたわらに立つアンソニーの細身の力強いシルエットしか目に入らなかった。彼は素早くベルトをはずしながら、ダニーのむきだしの背中に優しく触れるヴェルヴェットに似た柔らかな声で話しかけた。「このベッドに横たわりながら、きみがかたわらにいたらどんな感じだろうと、毎晩のように想像していたよ」機敏な身のこなしで服を脱いでいく。彼のすべての動きは無駄がなく、生まれながらの優美さがある。ダニーはアンソニーが動く姿を見るのが大好きだった。氷上でも、坐ってくつろいでいるときも、室内を歩いているときも。裸になった彼は、薄暗いなかでブロンズの輝きを放つ彫像のようだ。アンソニーはダニーのそばに腰かけると、彼女の柔らかいスウェードのブーツを脱がせはじめた。

「赤い髪を枕に広げて、その褐色の瞳で、ぼくに愛撫を求めるきみの姿が目に浮かぶことさえあった」アンソニーはベッドの上でほんの少し移動して、ダニーのキャメル色のスラックスを下ろし、ヒップを包む小さなビキニ・ショーツを器用な手つきで脱がせた。「脚を広げて、腰を突きだし、ぼくを迎え入れるきみの――」

「アンソニー、暗くて見えないでしょうけど、わたしの顔、きっと真っ赤よ」ダニーは震える声で彼の言葉をさえぎった。「枕元でそんなこと言われるの、初めてなんだから」

　アンソニーは手をのばして真紅のかさのついたランプを灯《とも》した。ふいに親密な明かりに包まれ、ダニーは驚いて息をのんだ。彼はなんて美しいのだろう、と夢見心地に思う。ほっそりと引き締まった全身のつややかな筋肉に、思わず触れてみたくなる。それにあの瞳。氷に封じこめられた炎の輝き。その炎がダニーを欲望に焦がれさせ、胃を締めつけ、全身をゆっくりと焼きつくしていく。

「ほとんど裸同然のきみを数えきれないほど見てきた」アンソニーはかすれた声で言った。「でもこんなふうにきみを見るのは初めてだ。去年、シカゴでおこなった慈善公演のあとで、きみの控え室へ行くと、マルタが小さな布きれをかけただけのきみにマッサージをしていた。ぼくは反対端に坐ってボウと話していたが、的確にきみの体を揉《も》みほぐすマルタの手つきから目が離せなかった」アンソニーは震える吐息をもらした。「どうかなりそうだったよ。マルタの代わりにきみに触れて、官能的な満足の表情を浮かべさせたいと、猛烈に願った。だからすぐにあの場を離れなきゃならなかったんだ。さもないと、ボウやマルタを追いだして、テーブルの上できみを奪ってしまいそうだった」賛美のまなざしをダニーの体から顔へと移し、熱く見つめた。「だが無理に犯すような真似は絶対にしない。最高の悦《よろこ》びを与えて、きみのほうから欲しいと懇願させただろう。ぼくは与えずに奪うようなことはしない。相手がきみなら、なおさらありえない。この気持ちがわかるかい?」

ダニーにわかるのは、アンソニーの熱いまなざしに自分がとろけそうなことと、脚のあいだがひどく疼いていることだった。耐えがたいほど緊張が高まり、胸が苦しくて息をするのもやっとだ。「ええ、わかるわ」ささやくように答えた。「お願いだから、もう話すのはやめて、アンソニー」彼の逞しい肩を撫でながら懇願する。「あなたが必要なの」

ふいにアンソニーの肩がこわばり、無防備なほど感情をむきだしにしていた顔が、冷たい仮面のようになった。「それは違うと何度も言ったじゃないか。きみは誰のことも、必要としていないんだ。人に頼らなくても、じゅうぶん強いんだよ」アンソニーはじっとダニーの目を見つめたまま、片方の乳房をそっと包んだ。彼に触れられた乳房が火照り、鼓動が狂ったように速まった。「きみはぼくを欲しているんだ、ぼくがきみを欲しいと思うのと同じようにね」親指の先で硬くとがった乳首を刺激され、熱い炎が広がっていく。「じきにもっと欲しいと思うようにさせてあげるよ。だが必要としているのとは違う。それを覚えておくんだ」

ダニーは納得がいかなかった。全身の感覚を支配しようとしているこの欲望を、必要と呼ぶのではないの？　わたしには同じことに思えるけど。

アンソニーは畏敬の念に包まれた。欲望に瞳を煙らせて、誘うようにうっすらと唇を開き、しどけなく横たわる彼女はあまりにも美しい。今にもほころびそうなつぼみを思わせるその胸をてのひらで優しく愛《め》でて、花開かせてみたい。全身くまなく愛撫して、甘い感触を味わいつくしたい。誘いかけてくるような柔らかい太腿のあいだに身を沈めたい。ダニーは迎える準備ができている。ぼくを欲している。なぜ手をのばして、長年求めつづけてきたものを手に入れてしまわない？　ひと晩じゅう彼女を腕に抱きながら、そのなかに身を沈めて、お互いが欲している悦楽と解放を味わわずにいるなんて、残酷な拷問にほかならないじゃないか。

アンソニーは一瞬目を閉じて、ダニーの姿を視界から閉めだした。自分に嘘をつくな、とわが身をいましめる。ダニーがぼくを欲しているのは、ぼくが男としてのテクニックを駆使して欲情させたからだ。今、彼女を抱き、それをきっかけに関係をつづけることは可能だが、そのリスクはなるべくなら冒したくない。今のダニーは混乱し、判断力をなくしている。朝の光のもとでは、その混乱は憤りとパニックへ変わるかもしれない。彼女にとってはまったく初めての体験であり、あとでどういう反応をするかは予測がつかなかった。やはり今は、これ以上のことを望むべきではない。

善人とはほど遠いけれど、自分はフェアな人間だと自信を持って言える。しかし、取り返しのつかないことをして、ダニーを手に入れるための長年の計画をふいにすることへの恐怖がなかったら、そのフェアな精神もいつまでつづくことやら。アンソニーは自嘲した。そう長くはこらえきれないに違いない。なにしろ彼女に軽く肩に触れられただけで硬く猛《たけ》り立ち、ほかのどんな女性のときより早く達してしまいそうになるのだから。

アンソニーが目を開けると、ダニーはまだうっとりと輝く瞳で彼を見つめていた。狂おしさに息もつけなくなり、急いで手をのばしてランプを消す。「さあ、一緒に寝よう。今はここまでだ」ダニーはアンソニーに促されるまま、素直に脇へどいた。彼は上掛けでていねいにダニーをくるみ、自分も横に入って、彼女を抱きしめた。

ダニーがぴったりと寄り添ってきたので、アンソニーの鼓動は跳ねあがり、体が興奮におののいた。彼女の積極性と従順さが逆に責め苦となる。ダニーの唇が肩に触れ、頬に押しつけられたつややかな髪から、彼女がいつも身につけているほのかな花の香りが立ちのぼってくる。

かたわらにじっと横たわるアンソニーの鋼鉄のような筋肉を、ダニーは肌で感じることができた。自分の柔らかな体に重なる硬くて逞しい男性の体が、こんなに素晴らしい感触だとは今まで知りもしなかった。薄い毛に覆われた彼の筋肉質な脚が、なめらかな太腿のあいだに割りこんでいる感触だけでも、ぞくぞくするほど興奮する。でも、もっとなにかしてほしい。どうして彼はまったく動かないのかしら？

「アンソニー」ダニーは彼の喉のくぼみにささやいた。「わたしを抱いて。あなたがいやなら必要という言葉は言わないわ。でもあなたが欲しくて、変になりそうなの」

「わかっているよ」ダニーには彼の激しい鼓動が伝わっているはずだ。「ぼくも同じ気持ちだとは察してくれないのかい？」アンソニーは情けなさそうに笑った。「こんなふうに抱きあっていたら、ぼくが興奮していることぐらい見なくてもわかるだろう」

たしかにそのとおりだわ。ダニーは満足そうに彼に寄り添った。「それで？」

アンソニーは震える息をついた。「できない」ダニーの裸の背中をかき寄せて、なめらかな素肌を愛おしむように、官能的に撫でまわしながら、かすれ声でつぶやく。「できないんだ!」

「できない?」ダニーはわけがわからずにきき返した。どちらも望んでいることなのに、どうして?

アンソニーはダニーの頭をかき抱き、獰猛《どうもう》とも言える荒々しさで引き寄せた。「オリンピックが終わるまでは、一線を越えるつもりはないと言ったはずだ」つらそうに笑う。「今夜、きみを抱いてしまったら、すべてをぼくのものにしなければ気がすまなくなる。自分のことはよくわかっているからな。きみの生涯をかけた夢を踏みにじろうとも、かまわずきみをひとりじめするだろう。そうなったら、きみを永遠に失ってしまう。だから待つんだ」

満たされない欲求から生じた、くすぶるような怒りをダニーは覚えた。「最初からわかっていたのね」とげとげしく言う。「あいかわらず、わたしの意見なんて一言もきかずに決めてしまうんだから」ダニーはアンソニーを押しのけようとした。「こういうのはお互いに同意してからすることでしょ」彼の腕から逃れようとして身をよじる。「でもきっとあなたの言うとおりだわ。やっぱりこんなこと、いい考えじゃないもの」

「静かに寝ていてくれないか」アンソニーの声は荒くかすれていた。「きみのせいでどうにかなりそうだ。いい考えなんて言った覚えはないぞ、やむを得ないと言ったんだ」彼は軽々とダニーを後ろ向きにさせて、背中から抱いた。「手で愛しあうだけでは、セックスほど満足できないかもしれないが、今はこれしかできない」アンソニーの力強い腕に抱きすくめられて、ダニーは身動きできなかった。「さあ、力を抜いて。今夜はぼくの腕のなかで眠っておくれ。もしもお互いに欲求不満でおかしくならなければ、そこから関係を築いていけるだろう」

「わたしは離してもらいたいんだけど」ダニーはかたくなに言い張った。「いつもいつもあなたの思いどおりにできると思ったら大間違いなんだから」

アンソニーは声をあげて笑いそうになった。狂おしさのあまり痛みすら覚えているのに、ダニーはぼくがほんの気まぐれで彼女をもてあそんでいると思っている。この十数年、想いをひた隠しにしてきたのだから、彼女に理解しろと言うほうが無理ではあるのだが。「そうだな、いつもぼくの思いどおりにできるわけじゃない」ダニーのシルクのような髪に顔をうずめて、降参のつぶやきをもらす。「だが今夜だけはぼくのやりたいようにさせてもらうよ、ダニー。覚悟するんだ」ああ、まるでサテンの生地を抱きしめているようだ。「さあ、もうおやすみ。そのほうがお互いに楽になる」

3

すっかり目覚める前から、ダニーはひとり残されたことをなんとなく悟っていた。アンソニーはもういない。たったひと晩のうちにしっくりとなじんでしまった、あの独占欲に満ちた力強い腕も、となりに横たわる黒髪の頭もない。目を開けて、それが事実であることをたしかめた。

ふいに強烈な孤独感に襲われ、パニックになりそうになる。これから先も、アンソニーがいないベッドで、いつもひとりで目覚めるのだろうか？　わたしを完全にひとりじめしたいと彼は言っていたけれど、もうすでにわたしは彼の虜《とりこ》かもしれない。

サイドテーブルのランプにメモが立てかけてあり、黒インクの見覚えのある大胆な筆記体を見て、ダニーはのろのろと身を起こし、紙片を手に取った。

ダニーへ

十一時にピート・ドリッセルを迎えに行かせるので、ブライアークリフへ戻ってくれ。

明日、向こうで会おう。

　　　　　　　　　　　　　　　　　　　　アンソニー

そっけない要点のみの、優しさのかけらもない文面。アンソニーはよけいな言葉は使わない。なんの愛情も感じられないからって、なぜこんなに落胆するの？　昨夜、彼は愛情ではなく、情熱を示したのよ。もともと人の情というものすら、彼には理解できないのかもしれない。

ダニーはカバーをはいでベッドを出ると、サイドテーブルにメモを放った。一夜の思い出として後生大事に持ち帰ったりするものですか。腹立たしく考えながら、バスルームへ向かった。シャワーの熱い飛沫《しぶき》が、こった筋肉を癒《いや》してくれる。

みずからの内に秘めた官能に突然目覚めさせられた愛欲の一夜だった。アンソニーは切っても切れない深い感情の鎖でわたしをつないでしまった。その鎖を断ち切りたいのかどうか、自分でもよくわからない。さまざまな思いで頭のなかが混乱して、またもやパニックを起こしそうになる。

アンソニーはわたしを欲し、いつものごとく望むものを手に入れた。それが必然の流れであることは、長年、彼を見てきたダニーはわかっている。けれども昨夜、アンソニーは最後の一線は越えなかった。欲望に身を震わせながらも、彼の意志は鋼のように固かった。そのかたくなさこそ、わたしがもっとも怖れる彼の一面だ。わたし自身はアンソニーに対して強い意志を貫けたためしがない。ほんのちょっぴり優しさを示されただけで、すぐに軟化してしまう。昨夜のアンソニーは憑《つ》かれたように情熱的な言葉をささやいていたけれど、愛するとはどういうことか、彼は本当にわかっているのだろうか？　アンソニー・マリクという謎について、なんの手がかりも持たないダニーには見当もつかなかった。彼が同じように心から応えてくれるという保証もないのに、ずっと胸にしまってきたこの愛を明らかにしてしまうのはとても危険だ。あいかわらず心を閉ざしたままのアンソニーから、反応を引きだそうとして、結局自分がぼろぼろに傷つくだけに違いない。そう、今は慎重になり、昨夜のように興奮をかきたてられたりしてはいけない。

昨日の夜の記憶がよみがえったとたん、全身が熱く火照り、急に乳房が熟れた果実のように張りつめる。

真夜中に目が覚めると、アンソニーが全身をまさぐるように愛撫していて、乳房を優しく揉みしだかれ、脚のあいだに燃えるような疼きを感じて、息もつけなくなった。背中越しに彼の激しい息遣いが伝わってきた。

「アンソニー？」息をあえがせながら、やっとのことで彼の名前を呼んだ。

「ああ、すまない。ゆるしてくれ」アンソニーの声は低くかすれ、彼の熱い両手が肌に焼き印を残していくように感じられた。「起こすつもりはなかったんだ。ぼくの鋼鉄の意志もかたなしだな」彼はダニーの髪に唇を押しあててつぶやいた。「きみの柔らかな肌にどうしても触れずにはいられなかった」

「いいのよ」ダニーは無意識にアンソニーに背中をすり寄せてささやいた。どうしてあやまるの？　わたしが欲しいものを与えてくれているのに。ずっとされたいと願っていたことを。

「うれしいわ」アンソニーと話すときはいつも緊張してしまうけれど、親密な暗闇のなかでは胸の奥に秘めていた想いを打ち明けやすかった。「あなたに触れてもらいたいの」ダニーは小さくあえぎながらささやいた。

「わかっているよ」アンソニーはつらそうに答えた。「ぼくがこんな最低の男でなければ、同じ地獄に引きずりこんだりせずに、きみを朝までぐっすり眠らせてやっただろう」

「全然眠れなかったの？」

アンソニーは悲痛な笑い声をもらした。「火あぶりにされながら熟睡するのはむずかしいな」ふいにダニーの乳房をつかむ彼の両手に力がこもった。「今はきみも同じ苦しみを味わっている。眠りに落ちる前にその疼きを感じたよ。こんな思いをさせるつもりはなかった。信じてくれ、ダニー」

「信じるわ」ダニーは答えた。アンソニーの必死の訴えには真実の響きが感じられた。「なにも気にしないで、わたしを抱いて。それで万事解決よ」

「そうはいかない。なにもかも台なしになってしまう」アンソニーは苦い口調で言った。「それを確信していなければ、迷わずきみを抱いているさ」身を震わせるようにため息をつく。「だがきみはひとつも悪くない。ぼくと同じ苦しみを味わわなきゃいけない理由はない」

アンソニーに胸の先端をつままれ、ダニーの女性の部分に熱いものが流れた。「きみは苦しまなくていいんだ」彼はダニーの豊かな髪に頬をうずめ、耳の形を舌先でたどった。「なんて愛らしいんだろう。きみの味わいが好きだよ」薔薇の花を優しく陽光が愛でるように、アンソニーの愛撫の手がダニーの胸から腰へ、よく締まった下腹部へ、そして女性の秘められた部分へとおりていく。「この感触。きみもきっと気に入るよ、ダニー。リラックスして、ぼくに任せてごらん」テクニックに長《た》けた手で太腿のあいだを巧みに愛撫され、ダニーは稲妻のような悦楽の矢に貫かれて体を弓なりにした。

「アンソニー！」

「気に入ると言ったろう？」アンソニーの舌で耳の奥まで探られ、官能的な指の動きと熱い舌があいまって、ダニーは白熱の炎に包まれた。彼の声は荒くかすれていた。「きみに悦びを与えられることが、どれほどぼくを興奮させるかわかるかい？」

さらに今度は親指でべつな刺激を加えられて、ダニーの喉から小さな悲鳴がもれた。「アンソニー、もう耐えられない。体がばらばらになりそう」

「しいっ。大丈夫だよ」ダニーの耳たぶに鋭く歯を立てて、エロティックな興奮をかきたてながらアンソニーがささやく。「さあ、いって。ぼくがつかまえていてあげるから」

彼の巧みな愛撫が速く強くなり、ダニーはうめき声をあげた。「いくんだ、さあ」

生まれて初めてのまばゆくはじけるような衝撃がダニーを襲った。最初の激しい痙攣《けいれん》がおさまっても、まだ全身が震えおののき、息もつけない。けんめいに深く息を吸うと、すすり泣きがこぼれ、ダニーは驚いた。涙があとからあとから頬を伝う。

アンソニーの低い叫び声が聞こえ、向きを変えられて彼の胸に抱き寄せられた。ダニーの頭のてっぺんに口づけて、得がたい宝物であるかのように優しく抱きすくめる。「泣くなよ」アンソニーはかすれた声でささやいた。「泣かないでくれ。こっちがばらばらになりそうだ。痛くなかったろう？　気をつけたつもりだよ。きみがいくのを手助けしたかったんだ」

「助けてくれたわ」ダニーは泣き笑いしながら言った。「本当よ。どうして涙が出るのか、自分でもわからないの。ばかみたいね」

「ちっともおかしくないよ」アンソニーは安堵《あんど》して言った。「ぼくがいけなかったんだ。いきなりなにもかも経験させてしまったから。よほどのスーパー・ウーマンでないかぎり、ショックを受けないはずがない」ダニーをぎゅっと抱きしめる。「痛い思いをさせたんじゃなくてよかった。バージンについてはなんの知識もないからな」

ダニーは小さな胸の疼きを覚えた。経験のないわたしのばかげたふるまいに、アンソニーがとまどうのはあたりまえだ。彼が愛人にする女性たちはみんな、経験豊富で洗練された人ばかりだもの。ルイザみたいに。「いいえ、痛くなんかなかったわ」ダニーは静かに答えた。「あなたはとても優しくしてくれたから」

「努力はしたつもりだ」アンソニーはダニーの頭に唇を押しあてた。「きみを愛したくてたまらないのに、加減するのは並大抵のつらさじゃなかったが。もう眠れそうかい？」

「ええ」でもアンソニーは眠れないに違いない。わたしを解放してくれたけれど、彼は満たされないまま、全身に緊張がみなぎっている。どうしてわたしに手伝わせてくれないのかしら？　どうしてひと思いに抱いてくれないの？　なぜ彼はそうまで強い人間なのだろう？ダニーはアンソニーの胸に頬をすり寄せ、清潔で愛おしい彼の匂いを吸いこんだ。彼と言い争っても無駄なことはわかっている。つねに自分が最善だと思うことをするに決まっているから。でもたぶんいつの日か、心をはねつけられたときの痛いほどの無力感は、身体的な無力感を味わうよりはるかにつらいことを、彼にも理解してもらえるかもしれない。「おやすみなさい、アンソニー」

　ダニーはシャワーの水栓をひねって止めた。あれこれ思い悩んでも、なんの役にも立たないわ。アンソニーとの関係は、きわめて慎重に進めるのがやはり賢明だろう。でも昨夜は彼の魅力に負けて、わたしのほうから抱いてとせがんでしまった！　本当にどうしようもないわ。それを考えただけでも、彼との関係がどれほど危険なものかがよくわかる。アンソニーは事実上、わたしの人生の舵《かじ》を握っている。でも自立心まで脅かされるわけにはいかない。

　ダニーはシャワー室から出ると、保温ラックから柔らかなバスタオルを取り、手早く体を拭いた。そうよ、わたしはもう王子様に憧れる幼い女の子じゃないのだから、アンソニーにも認識をあらためてもらわなければ。スケートに関しては彼に全権をゆだねているけれど、私生活はべつの問題だ。いったい何度、世間の人々から、ガラテアとピグマリオン（ギリシア神話。彫刻家ピグマリオンはみずから作った彫刻の娘ガラテアに恋をして苦しむ）にたとえられたことか。昨夜は、ジャックの目の前で文字どおり誘拐されたようなものなのに、アンソニーの望みどおりされるがままだったことを考えると、たんなるたとえ話と笑ってもいられない。

　ジャック。アンソニーに連れ去られるとき、また連絡すると彼に約束していたっけ。ダニーはタオルを体に巻いて、足早に寝室へ戻ると、昨夜アンソニーにいとも巧みに脱がせられた服を探した。

アンソニーの指示どおり、午後にはブライアークリフへ戻るつもりでいる。トレーニングの予定がつまっているし、オリンピックは目前に迫っているのだ。でも昨夜のアンソニーの無礼をジャックにわびもせず、黙っていなくなるようなことはしたくない。アンソニーがどう思おうと、運転手のピートに頼んで、街を発《た》つ前にジャックのアパートメントへ寄ってもらおう。なんでもアンソニーの思いどおりにさせるわけにはいかないわ。そう、これからは。

「最後のスピンはスピードが足りないな」ダニーが滑っていくと、池のほとりの錬鉄製のベンチにゆったりと腰かけていたボウがやんわりと感想を口にした。「トリプルはよかったよ。でも今言ったように……」

「スピンのスピードが欠けている」ダニーはベンチのとなりに腰をおろしながら、ボウの代わりに言った。薄手のタイツを履いた太腿に、金属の冷たさが刺すように感じられた。外で練習するとわかっていたら、スケート用の短いウェアなんか着なかったのに。かがんで靴紐《くつひも》をほどきながら思う。滑っているあいだはいいけれど、家までの帰り道は歩いて十分もかかることを考えると実用的ではない。「自分でも感じたわ。昨日の晩、雪が降ったから氷がざらついていて」苦笑しながらボウをちらりと見る。「言いわけにはならないわね。氷が平らだったらもっとスピードが出たことはたしかだけど」

「否定はしないよ」ボウはベンチからダニーの厚いクリーム色のウールのジャケットを取り、肩に着せかけた。「ぼくが疑問に思っているのは、どうしてアンソニーがきみのためにご両親の屋敷の裏手に造らせた豪華な屋内リンクを使わずに、寒空でケツを凍らせながらでこぼこの氷で滑らなきゃならないのかってことだ」苦笑いして言う。「この池の氷は整氷用のトラクターでも平らにするのは無理だよ」

ダニーはボウの鋭いはしばみ色の瞳を避けながら、左のスケート靴を脱ぎ、右の靴紐をほどきにかかった。「今日は外で運動したい気分だったの。この何カ月かずっと屋内で練習していたから、風や陽射《ひざ》しを浴びて滑るのは気持ちがよかったわ」もう片方のスケート靴も脱ぐ。「それに、たまには氷が多少でこぼこしているのも、いいハンデになるし」

「粗い氷のほうがアンソニーよりも相手にしやすいってわけか」ボウは見透かすようなまなざしで穏やかに言った。「昨日はずいぶん小言を食らったのかい？　だから彼から逃げているんだろう？」

「逃げてなんかいないわ」ダニーは無理に笑って否定した。「あなたがどう思おうと、わたしはもう空想のおばけを信じるような子供じゃないんだから。明るい陽射しの下で滑ってみたい誘惑に駆られただけよ。あなただって、そういうことがあるでしょ？」

「誘惑に負けることかい？」ボウはにやりとした。「しょっちゅうあるよ。ちょっと悪魔に耳元でささやかれたら、どこだってついていく」笑みが消える。「だからこそ、その手の問題にかけては世界でも指折りの専門家なのさ。きみみたいなひよっこが悩んでいたらすぐわかる。きみは自分に厳しすぎる。あげくにひとりで抱えこんで、苦しくなってしまうんだ」ボウはダニーのスケート靴を専用の柔らかい布でていねいに拭き、革の鞄《かばん》にしまった。「きみがいなくなってすぐ、アンソニーの姿も見えなくなったんで、かんかんに怒って追いかけていったんだろうとわかった」沈んだ表情でつづける。「そして今日のきみは、ひどく神経質に仇《かたき》でもあるかのように氷に挑んでいる。つまりなにか重大な問題が起きている、ということだ。ちゃんと話しあったほうがいいと思うんだが」

「けっこうよ」ダニーはスウェードのショートブーツに足を突っこみ、立ちあがった。「あなたはわたしのコーチで、心理セラピストじゃないんだから。アンソニーはわたしに精神分析医が必要だとは言わなかったわ」

「だからって、彼が正しいとはかぎらないだろう」ボウはゆったりと立ちあがり、片手でダニーの肘を支え、もういっぽうの手に革の靴入れを持ち、雪に覆われた曲がりくねる道を一緒に歩きはじめた。夕暮れのなかでテューダー様式の屋敷は、エリザベス朝の宝石のように輝いて見える。「きみの緊張をやわらげて、集中力を取り戻させるには、フロイト心理学が役立つかもしれないぞ」考えこむような表情でボウは言った。「アンソニーも自分はそういうのは毛嫌いしているが、きみに必要となったら大金はたいて雇っただろうと思うよ。あいつは人に頼ることを心底忌み嫌っているんだ」

「どうしてなの？」ダニーは強い好奇心を笑いでごまかそうとしたが、思うほどうまくはいかなかった。「なぜアンソニーは難攻不落の要塞にこもったゼウス神みたいに、いつも超然としているの？　たまにはわたしたち哀れな人間どものために、オリュンポスの山を下りてきてくれるとありがたいんだけど」

「それができれば、あいつにとってもどんなに楽か、考えたことはないのかい？」ボウは静かにたずねた。「山を下りたくても、もう道がわからなくなってしまったとしたら？　古代ギリシアの神々はとっくの昔に神殿を去って、今のオリュンポス山はひどく寂しい場所に違いない」

「どうかしら」ダニーは言った。「アンソニーがこうと決めたら、それを阻止できるものなんてないと思うけど」

ボウは肩をすくめた。「どうしてきみにわかるんだい？　アンソニーは誰にも心を明かさない男だ。ぼくだって彼のほんの一面をようやく理解しはじめたところで、しかも十八のガキの頃からのつきあいなんだぜ」

「そんなに昔から？」ダニーは驚いてボウの顔を見た。「それほど長いつきあいだなんてちっとも知らなかったわ。アンソニーがダイナス・コーポレーションを継ぐ以前に、一緒にアイス・ショーに出ていたのは知っているけど」頭のなかで素早く計算する。「そうよ、あなたとオリンピックで競ったことを忘れていたわ。あの年、あなたは銅メダルをもらったのよね」

「そしてアンソニーは金を獲得した」ボウはわざとしかめ面をしてみせた。「誰もが彼の勝利を確信していたわけだけどね。演技をはじめる前から、圧倒的な人気ぶりだった。それでも、いまだに悔しいと思うこともある。ぼくも金メダルを獲ってみたかったよ」ボウは皮肉っぽく笑った。「でもたぶん、金を獲れなくてラッキーだったかもしれないな。英雄扱いされて遊び暮らしていたら、飲んだくれに逆戻りしていただろうから」

ダニーは目を丸くした。「どういうこと、飲んだくれって?」

「ぼくがジンジャー・エールばかり飲んでいるのに気づかなかった?」ボウはからかうように眉を上げた。「アルコール依存症だったんだ」

「知らなかった」ダニーはショックを受けてつぶやいた。わたしったら、自分だけが悲劇のヒロインみたいなつもりで、ボウのようなごく親しい友人が深刻な問題を抱えているなんて思いもしなかった。

「あまり人前で語れるような問題じゃないからね」ボウは言った。「いまだに、ほとんどの人は病気じゃなくて怠惰のせいだと思っている」苦い表情で口を結ぶ。「ぼく自身、アンソニーに襟首つかまれて現実を突きつけられるまではそう思っていたよ。退廃的で自堕落な南部紳士を気取っていた。ぼくみたいな性格の男には、病気だと認めるより、そのほうが楽だったんだ。アンソニーはその自己欺瞞《ぎまん》をすっぱりと一刀両断してくれた。あいつ自身は自堕落とはほど遠い人間だからそれができたのかもしれない」

「あなたをわたしのコーチとして雇ったとき、アンソニーはアルコール依存症のことを知っていたの？」

ボウは首をふった。「その頃には酒を断っていた。ぼくがちゃんと立ち直ったことが確認できなければ、あいつにとって誇りと喜びであるきみを任せたりはしないさ。アンソニーがぼくに手を貸してくれたのは、アイス・ショーの仕事を引退する前だ。現実に向きあわせ、酒を断つためにぼくをクリニックに入院させた。ぼくを完全に立ち直らせるいっぽうで、きみのコーチにはほかの人間を探していたようだ」

「あなたのために、アンソニーはそこまでしたの？」ダニーは信じがたい思いでかぶりをふった。「よっぽどの大親友だったのね」

「アンソニーがゆるす範囲でね」ボウは皮肉っぽく微笑んだ。「ぼくらのあいだに一定の距離があることは、きみも気づいていると思う。プロとして契約を結んでからは、ほとんど会うこともなかった。ぼくがつきあう仲間は悪ふざけばかりしていて、アンソニーの趣味にはあわなくてね。もっと洗練された友人が好みだったようだ。破滅への道を転がり落ちていたとき、彼が救いに駆けつけてくれて、一番驚いたのはこのぼくさ。唯一思い当たることと言えば、金メダルを競っていたとき、フェアに接したことぐらいだった。ほかの競技者たちはアンソニーに対して、隙《すき》あらば蹴落とそうと狙っていた。同じチームの連中でさえね」

「オリンピック精神が聞いて呆《あき》れるわね」

「だが気持ちはわからなくもない」ボウは言った。「一世一代の大チャンスのために生涯かけて技を磨いてきたわけだからね。金メダルと銀メダルでは、その後プロとしてやっていくうえで雲泥の差がある。三百万ドルの年俸をもらえるか、年間十五万ドルで雇われるか。もしぼくが生まれつき腐るほど金に恵まれていなければ、ほかのライバルたちと同じ気持ちになったかもしれない。それでも、アンソニーが練習に現れてわがもの顔でリンクを占有しているのを見ると、妬ましい気分になったよ」ボウは肩をすくめた。「実際、リンクは彼の独壇場だった。ウォーミングアップを見ただけで、ぼくに勝ち目はないと悟ったよ」

「さぞ気落ちしたでしょうね」ダニーは共感の思いをこめて言った。「わたしが同じ立場だったらどう振る舞ったかわからないわ。アンソニーはきっとあなたに感謝しているのよ、ボウ」

ボウは首をふった。「ぼくはただ、真の南部紳士として行動しただけさ」おどけて言いながら、金色がかった瞳をきらめかせる。「われわれ南部人は、傲慢な北部人《ヤンキー》に幾度も負けて練習を積んでいるからな。ぼくは金メダルを獲ることにさほど必死ではなかったんだと思う。ともかくほかの選手を出し抜いてまで手に入れたいとは思わなかった。もちろん、アンソニーが相手ではとうてい勝てるわけがないけどね。彼は精神統一が乱れるから、誰もそばに近寄らせなかった。それをほかのやつらがじゃまするんだ。アンソニーを目の仇にしてさ」

「想像がつくわ」ダニー自身も頭角を現しはじめて以来、さまざまないやがらせをされてきた。アンソニーのふんだんな資金と保護という頑丈な壁で守られていたとはいえ、嫉妬の攻撃をすべてかわすことは不可能だ。そういうやっかみはどんな競技にもつきものなのだ。庇《ひ》護者《ごしゃ》のいないアンソニーは、さぞかしつらい目に遭ったことだろう。「アンソニーはものすごく孤独だったたと思う」

「まったくひとりぼっちでもないよ。後援者のサミュエル・ダイナス老人がいたじゃないか」ボウは皮肉めかした表情で言った。「ぼくだったらあまりうれしくないパトロンだけどね。ダイナス老人のような人物は、勝者しか認めないからな。老ダイナスからの圧力は、ライバルたちのいやがらせにもまして過酷だったに違いない」

「でも多少はアンソニーを目にかけて可愛がっていたはずよ」ダニーは反論した。孤独で傷つきやすいアンソニーの姿は想像したくない。傷つきやすい？　わたしったら、なにを考えているの？　アンソニーは絶対に傷ついたりしないわ。「遺言でアンソニーに屋敷とダイナス・コーポレーションの経営権をそっくり譲り渡すくらいだもの」

「あの老人は勝者が好きなだけだ」ボウは繰り返した。「老ダイナスが好意を抱く人間なんて世の中にひとりもいなかったと思うよ。自分の血と汗の結晶である会社を、繁栄させつづけていける指導者を老人は求めていた。そしてアンソニーにその力量があることを見越していたのさ」

「アンソニーが老人のお眼鏡にかなう人材だったことはたしかね」ダニーはほろ苦い笑みを浮かべた。「彼はダントツの勝者よ。わたしたちははるか後方から必死についていくだけ」

「ぼくは、アンソニーがきみの自主精神をつぶそうとするところを見た覚えがない」ボウはぶっきらぼうに言った。「その逆だ。それに頑丈な後ろ盾があることで、きみも勇気づけられてきたはずだ。アンソニーに対するきみの意見は、ちょっと辛口すぎるんじゃないか、ダニー」

「そうかもしれない」ダニーは唇をかんだ。「自衛反応なんだと思うわ。わたしがアンソニーを怖れているってあなたは言ったけど、まんざらはずれでもないの。たとえ一瞬でも心のガードを下ろしたら、なんでも彼の言いなりになってしまう。ずっといつもそう思っていた。自分というものをいっさいなくしてしまうんじゃないかって」ボウがやれやれと言いたげなしぐさで応える。「ばかげた不安だってことは、よくわかっているの」

「ばかげてなんかいないさ」ボウはダニーの顔をじっと見つめて言った。「十数年間、きみはつねにアンソニーにとって最優先の存在であり、そのせいできみは少し用心深くなっているんだと思う。だが心配なんかちっともいらない。きみ自身、スーパー・ウーマンだからね。きみたちが対決するとなったら、どっちを応援すべきか迷うよ」

「応援してくれてうれしいわ」ダニーは愛情のしるしに鼻にしわを寄せて言った。「アンソニーやあなたが言うように、わたしも自分の力をもっと信頼できればいいんだけど。アンソニーはいつも言うの。どんなにわたしが強くて、自立しているかって。まるでなにかの呪文みたいにね」

屋敷に着き、正面玄関へつづく階段を上がりながらボウは言った。「きみを安心させるためじゃないかな。きみの自主性を大事にしているからこそ、厳しく接するのかもしれないよ」

「そうかしら。アンソニーの行動を読める人なんている？」ダニーは用心深く答えた。ボウにはとても言えない。わたしが怖れているのは、アンソニーの厳しさではなく、昨夜あまりにも急激に高まった彼への愛なのだということは。「そこが一番の問題なのよ。これだけ長いこと一緒に過ごしてきても、アンソニーはまるで赤の他人のようなんだもの。赤の他人を信頼できる?」

「よく考えてごらんよ」ボウはやんわりと反論した。「アンソニーはきみの信頼を失うような真似を一度でもしたことがあるかい? 彼はビジネスでも人間関係でも、几帳面なくらいに誠実な人間だよ。それにきみには素晴らしく寛大じゃないか」ボウは玄関ドアを開けて、ダニーを先に通しながらつづけた。「ぼくにもだ。知っているかい? ぼくをまっとうな道に連れ戻してくれたことに対して、アンソニーは礼すら言わせてくれないんだぜ。感情的な見返りもいっさい求めず、ぼくの改心を疑いもしない。ぼくの人生のその時期を、存在しなかったものとみなしているんだ」ボウは感心したように首をふった。「彼にとって存在しないものは、ぼくにとっても存在しない、というわけさ。このうえなく寛大な贈り物だよ。あの時期はお互いにひどい思いをした。依存症の治療は、本人だけでなく周囲で支える人にも地獄の苦しみを味わわせるからね」

ダニーはまばたきして涙をこらえた。「でも立ち直って本当によかったわ」かすれる声を隠そうと、わざと明るい口調で言う。「あなたはかけがえのない特別な人だもの、ボウ・ラントリー」

つかのま、いつもの皮肉屋のおどけた態度が消えて、ボウは妙にぎこちない様子で答えた。「おい!」うなるように言う。「ぼくのために泣いたりしたら、よけいに恥の上塗りだよ。もうすぎたことだ。今は今の問題がある。この話を持ちだしたのは、きみが少しでもアンソニーを理解する助けになればと思ったからだ」ボウは愛情をこめてダニーのポニーテールを引っぱった。「きみは優しくて思いやりのある女性なのに、アンソニーにだけは厳しい。彼にも仲間に入るチャンスをあげてほしいんだ。ぼくらの誰よりも、アンソニーはそれを必要としているんだよ」

ダニーは苦しみに瞳をかげらせた。「あなたの思い違いよ、ボウ。アンソニーは誰のことも必要としていない。彼が自分でそう言ったわ」唇を震わせて、無理に笑みをこしらえる。「だからこそ、わたしみたいな人間には彼はとても危険な存在なの。安全のためにしっかり防御壁を築いておかなきゃ」

ボウはわかったぞと言いたげに温かなはしばみ色の瞳を輝かせ、小さく口笛を鳴らした。「そういうことなのかい、ダニー?」

ダニーはうなずいた。「そういうこと」あっさりと認める。「死ぬ気で特訓して、彼のために金メダルを獲るわ。彼がなんと言おうと、メダルは彼のものよ。でもそのあとは、できるかぎり彼とは距離を置くつもり。あなたにとっては親友かもしれないけど、なんの苦もなくわたしの人生を粉々にしてしまえる力のある人だから。できることなら、その機会を彼に与えたくないの」ダニーはジャケットを脱ぐと、スケート靴の入った鞄をボウから受け取った。

うつむいて、そっけない口調でつづける。「だからわたしはこの身を守るためにアンソニーの被後見人としての立場にとどまり、彼の私生活については世界じゅうのルイザたちにお任せするわ」心にもないことをまくしたてるのは拷問にも等しかった。

「それが一番いいだろうね」ボウはしばしの困惑ののちに答えた。「友人としてはつきあっていけるけど、それ以上親密な関係となると、きみの考えるとおりかもしれない。あいつはむずかしい男だからな」

「あなたにしてはずいぶん保守的ね」ダニーはからかいの笑みを浮かべた。「心配しないで、ボウ。わたしは――」

「お話し中、申しわけありません、ミス・アレクサンダー」見た目のとおりに堅苦しい執事の声がした。「池へ練習にお出かけのあいだに、ミスター・マリクから二度ほどお電話がございました。屋内リンクにはいらっしゃらず、電話にも出られないので、心配なさって。お戻りしだいすぐに、ニューヨークのアパートメントに連絡をほしいとのことです。番号は書斎のデスクのメモ帳に記してあります」

ダニーは興奮に胸が躍ると同時に、不安で胃が引きつる気がした。「ありがとう」心ここにあらずで礼を言い、ジャケットと靴の鞄を執事に預けた。「これをわたしの部屋へ持っていってくれる？　わたしはすぐに電話するから」

「かしこまりました」執事は答えると、威厳を漂わせて階段を上がっていった。

「少し休んでからにすればいいじゃないか」ボウが気遣って言った。「電話ならあとでもできるだろう。よければぼくが代わりにかけて、今夜夕食のあとできみから連絡すると伝えておこうか？」

ダニーは首をふった。「お互い、よくわかっているでしょ。アンソニーが電話をくれと言うのは、王の勅令に等しいって」書斎へ向かって廊下を歩きながら、肩越しにボウを安心させるように微笑みかける。「仲立ちを買って出てくれてありがとう、ボウ。でもわたしは大丈夫。スーパー・ウーマンって言ったの、忘れた？」

「忘れたりしないさ」ボウはわざとお辞儀をしてみせた。「きみはスカーレット・オハラそっくりだ。傲慢なところはかけらもないけどね。北部人に生まれたのは神の手違いだとしか思えないよ、ダニー」

「そうかもね」ダニーはうわの空で答えつつ、頭ではすでにこれからかける電話のことを考えていた。「夕食のときにまた会いましょう、ボウ」

電話の呼び出し音に耳をすませながら、ダニーはスーパー・ウーマンとはほど遠い気分だった。昨夜、親密に触れあった場面がつぎつぎに頭に浮かび、どぎまぎして、どうしていいかわからない。アンソニーに心をゆるした自分がはがゆく、苛立ちがこみあげてくる。その瞬間、アンソニーが無愛想に電話口に出た。「マリクだ」

「アンソニー?」意外なくらい冷静な声で言えた自分を、ダニーはほめてあげたくなった。

「ダニーよ。連絡をするようにって伝言を聞いたわ」

「いったい池でなにをしていたんだ?」アンソニーはいらだたしげにたずねた。「昨日の雪で、練習なんかできない状態だろうに」

「それほどひどくもなかったわ」ダニーはあいまいに答えた。「明日は屋内リンクで練習するつもりよ。三回転ジャンプはなかなかの出来だって、ボウは言っているわ」

「スピンは?」

スピードが足りないことは言いたくなかった。「ボウにきいたら?」わざと甘い声で言う。

「彼を呼んできましょうか?」

「いや、いい」アンソニーはにべもなく答えた。「明日、自分の目でたしかめる。朝、規定演技（カルガリー五輪では、規定演技（総合点の三割）、ショート・プログラム（二割）、フリー・プログラム（五割）の合計点で競われた）の練習をしよう。午後は、フリー演技を通しで見てみたい」

「はい、先生」ダニーは従順に答えた。「仰せのとおりに。話がそれだけなら、わたしは夕食の前に着替えたいんだけど」

「まだ終わりじゃない」しばしの沈黙があった。「執事のポール・ジェンズの話では、きみがブライアークリフに着いたのは午後の三時半頃だったそうだ。ピートは朝の十一時に迎えにいったはずだが、それまでどこへ行っていたんだ?」

ダニーは受話器を握りしめた。「ジャック・コワルトのアパートメントに寄って、ランチを一緒にしたの」張りつめた気配が電話線の向こうからびりびりと伝わってくる気がしたが、どうにか平静な口調を保った。「ジャックはわたしたちの無礼を快くゆるしてくれたわ。彼、とっても優しい人だから」

「どんなふうに優しいのかな」アンソニーはあざけるように言った。「微に入り細に入ってその優しさを示してもらう時間はじゅうぶんあっただろうね」やんわりと毒を含んだ口調で言う。「きみが目を覚ますまで、そばについているべきだったよ。男が欲しくて我慢できずに、コワルトに満たしてもらいにいったんだろう?」

「違うわ!」ダニーは大きく息をついて、気持ちを静めようとした。「そういう関係じゃないと言ったはずよ。仮にそうだったとしても、あなたの干渉は受けない。わたしは好きなときにジャックに会うわ。わたしの人生の脚本を勝手に決めないで」

長い沈黙があった。「昨晩のことはどう思っている?」

ダニーは神経質に唇をなめた。「あれは間違いよ」早口に言い、震える息をつく。「わたしたちはうまくいかないわ。相手が誰であれ、男性に従属するのはいやなの。あなたとつきあったら、きっとそうなってしまう。あなたは人を従わせずにおかない人だから」

「ぼくが?」アンソニーは無感情な声で言った。「昨夜の反動できみは動揺するかもしれないとは予想していたが、これほど激しいとは思わなかった。コワルトのもとに舞い戻ってしまうとはね」

「反動じゃないわ」ダニーはきっぱりと否定した。「冷静になって、ちゃんと考えてみたの。あなたはとても素敵で、経験も豊富よ、アンソニー。昨夜の強烈な化学反応で、判断力を失ってしまったのも無理はないわ。でも、今までどおりの関係でいたほうが、お互いにとっていいと思うの。あなたもわかるでしょう?」

「わかるもんか!」アンソニーの荒々しい口調にダニーは驚いた。「きみは昨夜の出来事に背を向けて歩き去るつもりかもしれないが、そんなことはぼくがゆるさない」しばしの間があり、彼は必死に冷静さを取り戻そうとしているらしかった。「ぼくがつまらない高潔心など持ちあわせなければ、距離を置こうなんていうきみのいまいましい説教を聞くこともなかっただろう。きみは今ここにいて、ぼくの腰に脚をからみつかせて——」

「アンソニー!」下腹部に熱いものが流れこむのを感じ、抗議の声はダニー自身の耳にも弱々しく聞こえた。

「ぼくと同じように、きみもよくわかっているはずだ」アンソニーはふいにひどく疲れたような声で言った。「もうあんなばかなしくじりは犯さない。こりごりだ。今後はぼくたちの関係を最優先させる。オリンピックなんかどうでもいい。自己犠牲に甘んじる騎士の役にはうんざりしていたんだ。明日会おう、ダニー」

ダニーが返事をする前に電話は切れてしまった。

4

「スケート選手は明け方に起床すべしっていう暗黙の法でもあるの?」マルタがあくびをしながらぼやいた。鏡台の前でいつものお団子に髪を結うダニーを眠そうに見つめる。「ブライアークリフに来たら、あなたのプレッシャーも少しはやわらぐと思っていたのに」ため息をついてこぼす。「考えが甘かったわ。あなたはそういうプレッシャーをばねによけいにはりきる人なのね」

ダニーはふり向いて、にこっと笑った。「夜明け前が一番集中できるの」おどけてしかめ面をする。「規定演技を完璧に仕上げるには、ありったけの集中力が必要なのよ。わたしの苦手な技だから」

ドアにもたれていたマルタは、ひらひらした青いシフォンのネグリジェのまま部屋へ入ってくると、クイーン・アン様式の椅子に腰かけた。活発で現実的なマルタが、フェミニンで柔らかいランジェリーを好んで身に着けていることに、ダニーはいつも驚かされる。人は見かけによらないものだ。昨日のボウの告白を聞いたあとでは、マルタのことも違う目で見える気がした。わたしは自分のことばかり考えていて、まわりの人の存在をあたりまえに思っていた。マルタが母親のように気遣ってくれるからといって、それだけがマルタの世間に見せる顔ではないのだ。マルタはアンソニーに雇われる数年前に離婚しているが、わたしは彼女の私生活についてなにを知っているだろう？　マルタは自分のことに関しては秘密主義で、過去についてもいっさい語ろうとしない。

マルタがまたあくびをかみ殺して言う。「審査員たちがあなたに規定演技をさせる理由が理解できないわ。フリー演技のほうがはるかに鑑賞する価値があるのに」

「競技で決められているのだからしかたがないわ」ダニーは立ちあがり、青と白のストライプの体にぴったりしたジャンプスーツをなでつけた。ふだんはタイツにスカートのほうを選ぶ。動きにつれてスカートがひらひらとなびく感じが好きだから。けれどもゆっくりとした正確な動きを練習するときは、つなぎの服のほうが実用的だ。「もう少し寝ていたら？　わたしはずっと練習があるから、あなたが必要になるのは夕方頃でしょうし」

「そうしようと思っていたところ」マルタは椅子から立ちあがり、クローゼットに近づいてダニーのスケート用の鞄を取りだした。「早起きって大嫌いよ。一日じゅう、寝ぼけまなこでもたもたするはめになるんだから」ダニーの白い革のジャケットをハンガーからはずしながら言う。「最初は生まれ故郷のミネソタの農場、つぎに陸軍、そして今は、一日のはじまりはお日様がてっぺんに昇ってからにすべきだなんてまったく思いもしない、練習中毒のスケート選手につきあわされてさ」

「ごめんなさい」ダニーはおかしそうに微笑み、マルタの手からジャケットと鞄を受け取った。「野生動物と同じ習性なのよ」暗褐色の瞳をいたずらっぽくきらめかせる。「わたしを説得するのはあきらめて、一緒に滑るのはどう？　あなたがスケートするところ、一度も見たことがないわ。リンクへ来て、ウォーミングアップにちょっと滑ってみない？」

「わたしが？」マルタは青い目を丸くした。「冗談でしょ！」きっぱりと首を横にふる。「スケートはやらないわ」

「教えてあげる」ダニーはなだめすかした。「いいじゃない、マルタ。やってみたら気に入るかもしれないわよ」

「ごめんこうむるわ」マルタは顔をしかめた。「一度だけ習ったことがあるけど、わたしはスケートに向いてないってすぐに悟ったの」一瞬間を置いて、しぶしぶと言い足す。「体に問題があるせいで、スケートは無理なのよ」

「体に問題？」ダニーは心配してたずねた。「知らなかったわ。どういうこと？」マルタは頑健そのものに見える。たぶん足首の関節痛とか、そういうことだろう。脚の関節痛に悩む人は多いから。

「後ろ向きにしか滑れないの」マルタはむっつりと答えた。「平衡感覚がおかしいんだと思うわ。前に滑ると転んじゃうのよ。後ろ向きなら華麗に滑れるのに、前へ向かったとたん、ピエロになっちゃうんだから」

ダニーは笑うまいと必死だった。「きっと練習すれば――」

「練習したってば」マルタは憮然《ぶぜん》として言った。「さっきも言ったように、体に問題があるのよ」しげしげと自分の豊満な胸を見る。「たぶんバランスが悪いのね」

ダニーはもう笑いをこらえきれなかった。「そのまま練習をつづけていたら、後ろ滑りの有名選手になれたかもしれないのに」

「よく言うわ。あなたもやってごらんなさいよ。みんなが前に滑っているときに、ひとりだけ後ろ向きって寂しいものよ。多少足並みがそろわないならともかく、まったく反対方向なんだから！」

ダニーは笑いながら首をふった。「よくわかったわ」まじめになって言い、マルタの頬に愛情のこもったキスをする。「気が変わったら、いつでも来てね。ボウとわたしで、前向きに滑れるようにしてあげる。わたしたちにとっても、教えがいがあるというものよ」

「またいつかね」マルタは疑い深そうに答えてから、ふと眉をひそめた。「練習の前に朝食を食べないつもり？　今にも風に飛ばされそうよ。昨日の晩も、ほとんど食べていないでしょう？」

ダニーはさっと目を伏せて、急いで出ていこうとした。昨夜、アンソニーと電話で話したあと、心が乱れて食事どころではなかったのだ。「休憩を入れて朝食をとるように、ボウが気をつけてくれると思うわ」半分うわの空で答える。「わたしがやせると、彼もお母さん鶏《どり》みたいに気を揉むから」

「一グラムでも落ちると、アンソニーがうるさいのよ」マルタはむっつりと言った。「大陸の反対側にいたって、必ず聞きつけるんだから。アンソニーに叱りつけられるほうは、たまったもんじゃないわ」

そのことはじゅうぶん気づいていた。ダニーは憂鬱《ゆううつ》な気持ちでドアを開けた。昨夜の言い合いのあと、真夜中をすぎても眠れず、ほんの二、三時間うとうとしただけなのだ。

ルイザ・ケンダルはあいかわらず華やかでセクシーだった。デザイナー・ジーンズに膝までであるアライグマの毛皮のポンチョをはおり、足元は膝丈の茶色いブーツで決めている。肩に広がる豊かな褐色のロングヘア。長い睫毛のおかげでいっそう大きく見えるすみれ色の瞳を陽気に輝かせて、リンクの囲いの外からダニーに向かって手をふっている。

「ハーイ、ダニー！」欄干に肘をついて身を乗りだし、ダニーに呼びかける。「そのウェア、素敵ね。おしゃれなスキンダイバーみたいよ」

「スキンダイビングなんて、きみが知っているのかい？」アンソニーが甘い笑みを向けて言った。「マリン・スポーツにもっとも近いことと言えば、つま先についた砂を洗うために波に浸したくらいじゃないか」

ダニーは内心のショックをにこやかな笑みで隠し、練習をやめて立ち止まった。リンクの中央で、突然ひどく無防備にひとりぼっちでさらされている気がした。ルイザがアンソニーとともにブライアークリフに来たことに、不意打ちを食らった気分だった。昨夜のアンソニーの言葉からすれば、愛人を連れて現れ、なにもなかったように冷ややかに練習を眺めているなど、予想もできないことだった。もしかするとアンソニーも考え直して、わたしの提案を受け入れる気になったのかもしれない。ルイザが来たのはその証拠だろう。けれども同時にダニーは、理屈では説明できない胸の痛みを覚えた。

「ありがとう、ルイザ」ダニーは答えた。「でもこのウェアはおしゃれのためじゃなくて、機能的だから着ているの。断熱効果が抜群なのよ」

「よくわからないけど」ルイザはエレガントな毛皮に包まれた肩をすくめた。「とにかく素敵だって伝えたかっただけ」

見た目さえよければいいってことね。ダニーはリンクの向こう側のベンチへ滑っていきながら思った。ルイザにとってはおしゃれが命なのだ。だからこそ雑誌のモデルを職業に選んだのだろう。一生けんめいのときは、ルイザは素晴らしい仕事をする。けれどのんきで怠け者の彼女には、残念ながら相当の努力を要する世界でもある。まあ、無理して働く必要もないわけだし。ダニーはてきぱきとスケート靴のひもをほどきながら思った。交際して一年以上になるアンソニーが、ルイザの欲しがるものはなんでも与えているのだから。ルイザのような扱いやすい美女は、アンソニーにとって理想の愛人なのだ。

「そのスケート靴、いつも履いているのと違うんじゃない?」ルイザは好奇心に目を輝かせ、リンクをまわってベンチのそばへ来た。ボウとアンソニーはまだ向こう側にいて、熱心に話しこんでいる。ルイザは退屈になって、気晴らしを求めて来たのだろう。

ダニーはうなずいた。「刃の丸みが大きいの。規定演技のときだけ、これを履くのよ。滑り跡《トレース》がくっきりと残って、審査員の受けがいいから」

「わたしはダンスのほうが好きだわ」ルイザは言った。「あなたは心底楽しんで踊っているように見えるもの」広い屋内リンクを見わたし、天井の大部分を占める天窓を眺めた。「素敵なところね。アンソニーが言うには、ここは邸宅に比べてわりと新しいそうだけど」

「九年前にアンソニーが建ててくれたの」ダニーは静かな声で答えた。「練習をするのに便利だからって」

「そうなの」ルイザはふいに不思議そうな顔をした。「でもあなたは六年ぐらい前から、ここでは暮らしていなかったじゃない？」

「そうよ」ダニーは短く答えた。ルイザはつきあいやすい女性だが、旺盛な好奇心が今日はうっとうしかった。「ブライアークリフに来たのは初めて？」

ルイザはおしゃれにカールした髪をゆらしてうなずいた。「アンソニーのアパートメントは行ったことがあるけど、ここへ連れてきてもらうのは初めてよ」グレーのシルクの枕に広がる褐色の長い髪を想像すると、ナイフでえぐられるように胸が痛むのはなぜだろう？「昨日の夜、ブライアークリフで何日か過ごさないかって彼に誘われたときは、すごくびっくりしたわ」

昨晩。アンソニーはルイザと夜を過ごしていた。ダニーは心が麻痺《まひ》するような気がした。わたしと電話で話したあとで、まっすぐルイザの歓迎する腕のなかへ向かったのだろう。

「今夜は泊まっていくの？」あたりまえよね？　ブライアークリフの当主はアンソニーなのだから。彼が誰を招待しようと、わたしに腹を立てる権利はないのだ。それでも腹立たしかった。猛烈に。

「アンソニーはわたしが喜ぶと思ったみたい」ルイザは顔をしかめた。「でもね、気を悪くしないでほしいんだけど、わたしはそれほど楽しみじゃなかったの。都会のほうが好きだし、アイススケートもあんまり興味がなくて、あなたを見ているだけで退屈しちゃう」媚《こ》びるように微笑む。「怒らないでね」

「ちっともかまわないわ」ダニーはテニスシューズのひもを結びながら、軽い口調で応じた。「あなたが来てくれたおかげで、いい気分転換になるわ」

「でもボウみたいなコーチが一緒だったらスケートも楽しそうね」ルイザはボウの逞しいながらほっそりと引き締まった体とハンサムな顔を、目を細めて見つめた。「あんないい男と一緒に旅ができたらすごく楽しそう」

「ボウが？」ダニーは苦笑を浮かべた。「冗談でしょ。あの南部のドン・ファンとわたしは、純粋にビジネスに基づいた関係で、彼には訪れるどこの街にも出迎えてくれる複数の美女が待っているのよ」

「そういう評判はわたしも知っているわ」ルイザは無頓着に言った。「無理もないわよね。わたしも、あんなセクシーな金色の瞳の悪魔に言い寄られたらめろめろになっちゃう」

「セクシー？」ダニーは目を丸くした。「べつの男性の話をしているんじゃない？　ボウのどこがセクシーなの？」

「そう思わないの？」ルイザはとまどいの笑みを浮かべた。「彼の元愛人たちはみんな口をそろえて言っているわよ。評判を裏切らない腕前だからこそ、誰からも不満の声があがらないんじゃないかしら」ルイザは無意識に唇をなめながら、うっとりとしたまなざしをボウに注いだ。「別れるときも、ものすごく豪華なプレゼントをくれるんですって。アメリカで指折りの大金持ちを恋人にするのって、どんな気分かしら」

「考えたこともなかったわ」ダニーは気まずくなって答えた。ボウの生い立ちについては、なんとなく聞いたことがある。大財閥のラントリー・グループと、幼くして両親を亡くした後継ぎの話を、アメリカで知らない者はいないだろう。ボウの子供時代は監護権争いの裁判に明け暮れる日々だったという。「でも彼はわたしの恋人ではなくて、仕事仲間みたいなものよ」

「彼が人に雇われて仕事をするなんて、妙な話よね」ルイザはいぶかしげに言った。「束縛されるのが大嫌いだという評判なのに。まさかあなたに片思いしているとか？」

ダニーはルイザの視線を追って、過去六年間のめまぐるしく変化する世界のなかで、唯一頼りにできる錨《いかり》でありつづけた男性を見つめた。ルイザが言うようなセクシーなプレイボーイとして見ようとしてみる。するとたしかに彼はセクシーで、口元に浮かぶ笑みはちょっぴりワルっぽい感じがした。そういえば、あの金色の斑《はん》のある瞳にワイルドな輝きを見たことも、一度ならずあった。ダニーは頭に浮かんだ彼のイメージをふり払おうと、首をふった。

いいえ、ルイザの思い違いよ。「噂《うわさ》のほうが間違っているのよ」きっぱりと言う。「ボウはわたしが知るなかでもっとも誠実で信頼できる人で、わたしたちはただの友人同士」

「残念ね」ルイザはにっと笑った。「コーチが恋人だったら楽しいだけじゃなく、便利じゃない？　わたし、なんでも簡単で便利なのが好きなの」

それはダニーも知っている。ルイザはいつもアンソニーが与えたいものを受け取り、それ以上は求めない。どちらにとってもそれが理想の関係なのだろう。ダニーは勢いよく立ちあがると、無理して笑顔で言った。「ボウとわたしはサンドウィッチとスープで昼食にするつもりよ。リンクの奥の部屋にラウンジと小さなキッチンがあるの。あなたとアンソニーも一緒にどう？」

「遠慮しておくわ」ルイザはつんとして答えた。「そんなところで適当にすませなくても、アンソニーが本邸で贅沢なランチを約束してくれているもの。コネティカットの田舎へはるばる来たご褒美にね。超一流の料理人を雇ったという話よ。でも本当にそんなにすごい腕前なのかしら？」

「えっ？」ほとんど口にしなかった昨日のディナーの味をダニーはけんめいに思いだそうとした。「もちろん、堪能できると思うわ」背を向けながらうわの空で言う。「よかったらランチのあとでまた来てね」

「そしてふたりのセクシーな男性が、ほかの女性にかかりきりでいるのを見ているの？」ルイザは首をふった。「そんなおしおきみたいな目に遭わされたくないわ。暖炉の前で本でも読んでいるほうがましよ。ディナーの席でまた会いましょう」

「わかったわ」ダニーは手をふり、リンクの向こう側にいるふたりの男性のほうは見ないようにして、足早にラウンジを目指した。あの流氷のような冷たい緑の瞳に向きあう心の準備はできていない。さっきの再会のショックからまだ立ち直れずに、胸がひりひりと痛んでいるのだから。

ダニーはあえてなにも考えないようにして、豆とベーコンのスープの缶詰を開け、鍋に入れてガスの火にかけた。ハムとチーズのサンドウィッチを電子レンジで温めていると、ボウがキッチンに入ってきた。はしばみ色の瞳を心配そうに曇らせてたずねる。「大丈夫かい？」

「あなたはどう思った？」ダニーはわざと質問の意味を取り違えて言った。「最後の滑り跡《トレース》はチェックしてくれた？」

ボウは首を横にふった。「アンソニーからきみの昨日と今日のトレーニングについて質問攻めにされてさ。でも最初のやつは上出来だったよ」一瞬、言葉を切る。「アンソニーが、今日の午後、きみの演技を通しで見たいとさ。覚悟はいいかい？」

「もちろん、覚悟はできているわ」ダニーは張りつめた声で答えた。心をごまかしてなんになるの？　思いきって本音を口にした。「そんな目で見ないで。今にも気を失いそうに見える？　アンソニーがルイザを連れてきたからって、それがどうしたの？　前にもあったし、これからもあるでしょう。そんなことでいちいち影響を受けていられないわ」後ろを向いて、鍋を火から下ろす。「結局、なにも変わっていないのよ」それが本当ならどんなにいいか。アンソニーのアパートメントで夜を過ごす前の過去に戻れたら、なんだってするのに。

「きみがそう言うなら」ボウはゆっくりと答えた。

「そうよ」ダニーは強情に言った。「さあ、坐って。スープをよそうわ。ルイザとアンソニーが楽しんでいる豪華なランチにはほど遠いけど、少なくとも熱々よ。五時間氷の上で過ごしたあとでは、なんでも熱ければ大満足だわ」

午後はダニーが予想していたほど過ごしづらくはなかった。アンソニーがプロらしく冷静な態度で接してくれたので、こちらも同じく冷静に応じればよかったからだ。彼はスケート靴は履かず、リンクをかこむ観覧席に坐り、ボウのコーチで滑るダニーを静かに観察していた。ときどき、ダニーに指示を出したり、形やテクニックのわずかなミスをボウに指摘したりした。しかしほとんどの時間、ただじっと坐って、ダニーがフリーの演技を通しで繰り返し踊るのを、考え深げなまなざしで見つめていた。しまいにダニーはくたくたに疲れきり、全身の筋肉の痛みもやがて疲労のあまり感じなくなってきた。過酷な特訓も終盤にさしかかり、ボウが一、二度心配そうに顔を曇らせるのに気づいたが、ダニーはやめるまいとして彼をにらみつけ、かたくなに首を横にふった。

アンソニーが完璧さを求める気持ちに悪意はみじんもない。彼の辞書に適当という文字はなく、彼自身が選手だったときでも疲労の限界まで執拗《しつよう》に自分を追いこんだに違いない。ダニーは、彼の要求についていけるだけのスタミナを持ちあわせている自分が誇らしかった。そして彼が課した試練に応えられる力があると、信じてもらえていることがうれしかった。

天窓から夕日が射しこむ頃、アンソニーはようやく特訓の終了を宣言し、ダニーとボウを呼んで、午後の観察で気づいた点をメモした紙を渡した。彼はいっさい見逃していなかった。すべての問題点を鋭く突いていた。しかし批判だけでなく、改善する方法も示されている。リストを読み終わると、アンソニーは座席の背にもたれた。「だが今挙げたのはごく小さな問題点だ」急に険しい表情になる。「われわれが本当に解決すべきは、ダニー、きみが優勝を逃した真の原因だ。ぼくは手がかりをつかめたように思う。きみは氷に溶けこんでいない。一体感が感じられないんだ。ささいなことのようだが、審査員たちは必ず気づく。スケーターは氷の一部であるかのような印象を与えねばならない。それができないで形だけ決めてもまったく無駄だ」

「わかっているわ」ダニーはほつれ髪を払いのけて言った。「あなたから何度も教わっているもの」無理に笑みを浮かべた。「努力してみる」

アンソニーは首をふった。「そこが問題なんだ」推し量るようなまなざしで言う。「きみはトレーニングのしすぎなんだよ。がむしゃらにやりすぎて、本来の勘を見失っている。もう少し力を抜いたら、よくなると思う」

「力を抜く？」冗談でしょう？　オリンピックは一カ月後なのに！「わたしの欠点を挙げ連ねた長いリストを見せられたばかりなのに、力を抜けですって？」信じられないと言いたげにかぶりをふる。「そんなことできるわけないわ」

アンソニーは口をひき結んだ。「規定演技の形も改善すべき点が多く残されているのはたしかだ。きみは気がはやるくせがあり、それが得点に表れている。フリー演技ではその点をあらためるべきだし、氷と一体になれなければ、その改善は望めない」アンソニーは立ちあがり、羊革のジャケットのポケットに両手を突っこんだ。「ダニー、きみは今回のオリンピックを目指して今までがんばってきた。その努力を台なしにさせたくないんだ」

「台なしにするもんですか」ダニーはかっとなって言った。「だけどのんびりしてなんかいられないわ。とにかく練習しないと」

「練習はするさ」アンソニーは謎めいた表情で背を向けた。「だが過剰な特訓はさせない。よく考えろ、ダニー」彼女が答える間もなく、彼はつかつかと出ていってしまった。

「まったくもう！」ダニーは大きく息をつき、苛立ちに拳を握りしめた。「彼はなにもわかっていないのよ、ボウ。まだ完璧にはほど遠いからこそ、がんばらなきゃいけないのに。リラックスしている場合じゃないわ」

「アンソニーが正しいかもしれないよ」ボウは考えつつ言った。「スケートのことに関しては、たいていあいつの直感は当たっている。ぼくも最近なにかが間違っている気がしていたが、原因がわからずにいたんだ。きみは本来の勘を失っている。この先の数週間は、トレーニングのメニューを練り直したほうがいいんじゃないか」

「だめよ！」ダニーの声には必死さがにじんでいた。アンソニーにかき乱された心の嵐に翻弄されないためには、ほかのことに集中して体を動かしていなければ。握りしめた拳を意識してゆるめ、落ち着いた口調で説得を試みた。「アンソニーの考えは間違っているわ、ボウ。わたしが体を忙しく動かしていないと、神経質になりすぎてしまうことを、あなたはよく知っているはずよ。これまでどおりのやり方でいきましょうよ」

ボウは困惑した顔で答えた。「結論を急がないほうがいい。アンソニーは譲る気配はなさそうだ」肩をすくめて言う。「ともかく、それは明日心配すればいいさ。今はすぐにきみをマルタのところに連れていってマッサージを受けさせないと、夕食の前に倒れてしまいそうだよ。今日の練習はかなりハードだったからな」

ボウの温かいいたわりの言葉に、ダニーはいつものように張りつめた心がやわらいでいくのを感じた。「明日は明日の風が吹く?」ダニーはからかった。「スカーレット・オハラのせりふみたい」

「ぼくはあのレディを賞賛しているからね」ボウはにやりとして答えた。「『風と共に去りぬ』のほかの登場人物は、好きになれないやつばかりだ。アシュレー・ウィルクスは女々しすぎるし、レット・バトラーは北部人だし。ぼくみたいに雄々しくて、しかも粋な伊達男《だておとこ》はひとりもいない」ボウはダニーの腕を取り、優しくドアのほうへうながした。「このいかした南部紳士をいつでも頼ってくれていいんだよ、ダニー。きみが一言言ってくれれば、今夜のディナーをパスする口実を考えてあげよう。一日じゅう猛特訓したあとで、心まで試練にさらす必要はないよ」

「試練だなんて」ダニーは無意識に肩をこわばらせて答えた。「まったくなんともないわ」

その晩、ダニーは胸を引き裂く痛みをみじんも感じさせない冷静な大人として振る舞おうとするあまり、やはり肩をこわばらせ、歯を食いしばったままでいた。アンソニーがどんなにルイザに関心を向けようが、言葉やしぐさで親密さを見せつけようが、わたしが腹を立てる権利はないのだ。わたしが選んだことなのだし、この腹立ちを静められるだけの強い意志を持たなくては。そう、わたしは強い女。なにもなかったかのようにルイザをちやほやするアンソニーを見て動揺していることを知られるなんて、絶対にいやだ。

ダニーはにこやかな笑みを貼りつけ、ことさら明るく魅力的に振る舞おうとした。ワインを二、三杯飲んだおかげで気分も高揚し、ディナーのあともさらに飲んだが、もう何杯目か自分でわからなくなっていた。覚えているのはサファイア色のドレスを着たルイザがものすごくセクシーで、見事な谷間をひけらかし、それを目にしたボウがジンジャーエールにむせたこと。アンソニーはそれほどあからさまではなかったが、男なら気を惹かれるに決まっている。ダニーはみじめな気持ちで考えた。アンソニーはルイザの魅力的なスタイルを見慣れているのだ。服を着ているときも、脱いだときも。あとで自分の部屋であのドレスを脱がせるに違いない。つい最近、わたしにしてみせたように巧みな手つきで。

そう考えると冷静な仮面にひびが入り、これ以上はいたたまれなくなった。ダニーは早めに休みたいからとことわり、逃げるように自室へ向かった。ルイザは驚きの表情を浮かべ、ボウは気遣わしげで、アンソニーは無関心そうだった。どうしよう、心を読まれてしまったかしら？　たぶん大丈夫。最後までちゃんと自制していたもの。

ふいに目がまわり、脚がもつれた。酔っぱらっている？　最悪の晩の仕上げとしては完璧だわ。何杯飲んだか思いだそうとしたが、サファイア色のドレスと冷たい緑の瞳しか頭に浮かばない。ひとつだけはっきりしているのは、このめまいがおさまらないと、二階の自室へはたどり着けそうもないということだ。

ダニーはそろそろと慎重に歩いて書斎へ向かった。ゆっくり一歩ずつ足を踏みだせば、それほどひどく床がゆれないことに気づいた。なかに入ってドアを閉めると、ほっとため息をついてドアにもたれかかった。デスクのそばの大きな革製の椅子が、おいでと招いている。あそこまでたどり着けたら、気分がましになるまで休んでいよう。本当にばかなんだから。ダニーは自己嫌悪に駆られた。パーティーなどの席でもせいぜいワインを二杯ぐらいしか飲んだことがないのに、今夜にかぎってこんなに飲むなんて。失態を犯さなかっただけラッキーだわ。今夜は気が張りつめていたからよかったものの、そうでなければ危ないところだった。ひとりになって気がゆるんだとたん、酔いがまわったのだろう。

怖れていたほどの困難もなく、どうにか椅子のところまで来られた。革の匂いと暖炉で薪がはじける音をぼんやりと意識しながら、クッションのきいたシートに身を沈める。薄暗くて、とても居心地がいい。アンソニーが新しく買ったキリム絨毯の鮮やかな色彩がぼやけたり、まざりあったりしなければ、もっと快適なのに。アンソニー。彼のことも、サファイア色のドレスのことも考えちゃだめ。平衡感覚を取り戻すことに集中しなきゃ。ダニーは目を閉じた。じきにめまいはおさまるわ。大丈夫。それまでちょっとだけ目をつぶっていよう……。

「ダニー」

アンソニーの声にダニーははっとした。けれどもすぐに気のせいだと思って安心した。アンソニーがここにいるはずがない。彼はルイザと一緒にいて、あの誘惑的なサファイア色のドレスを脱がせているはずだから。それにアンソニーの声はいかめしくて、こんなヴェルヴェットのような深みのある優しい響きじゃない。

「起きなさい、ダニー」

起きてるわよ、わからないの？　そうね、わからないかもしれない。目を開けるのを忘れていたから。無理もないわ、まぶたが鉛のように重たい。でもがんばって目を開けた価値はあった。椅子のそばに膝をついているアンソニーの姿はとても美しい。上着を脱いで、ネクタイもはずしている。ボタンの開いた白いシャツの襟元から、ブロンズ色の首筋が見えている。暖炉の明かりを受けて漆黒の髪はサテンのように輝き、瞳はさきほどの声と同じように深く優しい光を湛えている。

「あなたがここにいるはずがないわ」ダニーはまじめくさってつぶやいた。ほっそりした色白の顔に褐色の瞳が大きく見開かれる。

「そうなのかい？」アンソニーは皮肉っぽく微笑んだ。「じゃあ、本当はどこにいるべきなのかな？」

ダニーの瞳に涙があふれた。「ルイザのドレスを脱がせているはずよ。なぜそうしていないの？」

アンソニーは椅子の肘に置かれたダニーの手を取り、唇に押しあてた。「ルイザは手伝ってもらわなくても自分で服を脱げるさ」優しくてのひらにキスをする。「でもきみには手助けが必要じゃないかと思ったんだ。様子が心配だったんで、きみの部屋へ行ってみたら、いなかった。それで一部屋一部屋見てまわり、ここでやっと見つけた」

「ルイザをあんまり待たせては悪いわ」ダニーは沈んだ声で言った。「あなたを恋しがっているはずよ」

「彼女が？　そうは思えないが」アンソニーに愛情をこめてしっかりと手を握られていると、驚くほど気持ちが落ち着く。「ルイザはぼくたちの関係についてきわめて理解があるからね」

「それは彼女が優しい人だからよ」ダニーはアンソニーに非難のまなざしを向けた。「あなたの愛人はみんな心優しい人ばかりだわ」

「それは罪なことかい？」アンソニーは愉快そうに目を輝かせた。「つきあうなら優しい女性がいい。性格の悪い女にはまったく魅力を感じない」

「そうじゃなくて、わがままな女なら平気であなたを独占するだろうってこと」いやだ、どうしてこんなことしゃべっているの？　心のバリアが消えてなくなったような気がした。あるいはもうその必要がなくなったと言うべきか。ダニーの手を優しく握り、やわらいだ愉快そうなまなざしで見つめてくるアンソニーには、なんの怖れも感じない。「ああ、いやだ。わたし、酔っぱらってるでしょ？」

「少しね」アンソニーは考えこむように首をかしげた。「いつもより多く飲んでいたし、ディナーの前から練習でへとへとになっていたからな」

代わりに言いわけをしてくれるアンソニーの優しさはうれしかったが、ダニーは正直に打ち明けるべきだと感じた。「足元がふらついてまともに歩けなくて」憂鬱な気持ちで告げた。「やっとのことで、この椅子までたどり着いたの」

「心配はいらない」アンソニーはこともなげに答えた。「ベッドに行く気になったら、ぼくが運んであげよう。いいね？」

なんて素晴らしいのだろうと思い、ダニーはにっこりとうなずいた。けれどもすぐに顔を曇らせた。「ルイザは……？」

「ベッドに入って、今頃はぐっすり寝ているさ」アンソニーはダニーの手をぎゅっと握って言った。「ついでに言うと、ぼくのベッドじゃないよ。もう終わったんだ。今後はきみ以外の女性がぼくのベッドに入ることはありえない。きみがブライアークリフに帰ってきたあの日から、ぼくにはわかっていたんだ」

「話してくれればいいのに」ダニーは憤慨して言った。また目に涙があふれてくる。「あなたはいつも、なんにも教えてくれないんだもの！」

「どうやら思っていたよりも酔っているみたいだぞ」アンソニーはからかうように微笑んだ。なんてセクシーで美しい笑みだろう、とダニーはぼんやり思った。「覚えていないかもしれないが、昨日の晩は、ぼくをひどく警戒して、きみの人生から閉めだそうとしていたのに」ダニーの指をもてあそびながら言う。「たぶん、ぼくもきみを多少怖れていたんだと思う。そうでなければ、ルイザを連れてきたりはしなかっただろう。無意識に自己防衛を図っていたんだ」

「わたしを怖れる？」

アンソニーはうなずいた。「きみがあまりにも大事すぎるから」無防備な心をさらけだして見つめる彼の表情に、ダニーは喉を締めつけられた。「このろくでもない世界で、ただひとり、きみだけがぼくを傷つける力を持っている。それが怖いんだ」アンソニーは深く息をついた。「ルイザを連れてきてきみを動揺させ、ぼくたちのあいだにほかの誰かが割りこんだらどんなに傷つくか、きみにわからせたかった」ダニーの手を自分の頬に近づける。「実際、傷ついただろう? きみがコワルトと過ごしていると考えると、ぼくも苦しかった。でも自分と同じ苦しみをきみに味わわせるのはしのびなかったんだ」男らしく硬い頬骨にダニーのてのひらをすりつける。「ふたりのあいだに壁を築くのはもうよそう、いいね? 駆け引きも、警戒もなし。お互いに正直になろう」アンソニーは無理して笑みを浮かべた。「きみよりも、ぼくのほうがかなり努力を要すると思うが」

きっとそうでしょうね。ダニーは夢を見ているような気分だった。長いあいだアンソニーへの愛を支配していた怖れが、完璧に消え去ったのだ。彼は無防備な心をさらけだし、母性愛と呼べるくらいの保護意識を見せてくれた。長年の重荷から解放されて、不思議なほど心が軽く自由になった気がする。とても強くなった気分だ。人生で初めて、アンソニーのありのままの思いを知ることができたから。

「わたし、酔っぱらってよかったわ」ダニーはかすれ声でささやいた。「おかげで意地を張ったり、非難したりせずにすんで、むずかしい話が簡単になったもの」アンソニーの頬から唇へと、そっと撫でながら言う。「あなたは弱さを嫌うけれど、今回だけはわたしの弱さをさらけだしてよかった」

「そんなふうに言われると、ぼくがとんでもなく傲慢な男みたいじゃないか。誰にでも欠点はあるさ。もちろんぼくもだ。こんなに欠点だらけのぼくに他人を批判する資格はない。ただ、それぞれ自分の欠点を克服する努力はすべきだと思うが」アンソニーはダニーの手を愛情のこもったしぐさでぎゅっと握ってから放し、立ちあがった。「さあ、もうベッドへ連れていくよ。今夜のきみはもう大事な話ができるような状態じゃない」

それは違うわ。アンソニーに軽々と抱えられてドアへ向かいながら、ダニーはぼんやりと思った。今のような不思議な金色の光に包まれた恍惚《こうこつ》状態になければ、長年心を苦しめてきた怖れを消し去ることはできなかっただろう。酔いに助けられたおかげで、お互いに理解し、成長する道が開けたのだ。ダニーはそう伝えようとしたが、彼の温かく逞しい腕のなかがあまりに心地よくて、まともに言葉を思いつけない。そこでなんとか抵抗を試みた。「まだベッドへ行きたくない」

「頭でそう思っているだけさ」アンソニーはしなやかな足取りでゆったりと階段を上がっていく。「数分でノックダウンだよ」

「レット・バトラー」

アンソニーはいぶかしげに眉を上げて、ダニーの顔を見下ろした。「なんだって？」

「レット・バトラーはスカーレット・オハラをこんなふうに抱いて階段を上がったの」ダニーはアンソニーの胸に身を寄せて言った。「ボウはレットが嫌いなんですって。ほら、北部人だから」

「そうらしいね」

「でも彼、あなたのことは好きよ」ダニーは安心させるように言った。よく鍛えられたアンソニーの体に感嘆する。階段を上がるあいだも、耳に響く鼓動のリズムはほとんど変わらない。「ボウはあなたにとても感謝しているわ」

ダニーを抱くアンソニーの腕が緊張した。「あいつは自分のトラブルをきみに打ち明けたようだね。感謝されるようなことはなにもしていないよ」ふいに苦々しげな口調になって言う。「なにも言わずにいてくれたらよかったのに。ぼくは感謝されてもうれしくもなんともない。ボウからも、そしてきみからも。自分が望むことをしただけで、誰にも恩を着せるつもりなどないんだ」

アンソニーのこういう激しい態度におじけづいた頃もあったけれど、これからはもう違う。「わかった。誰もあなたに恩は受けてない」ダニーは同意のしるしにうなずいた。「今度あなたが冷酷無比な主人を演じて、猛烈に腹が立ったときに、それを思いだすわ」

しばしの沈黙があり、アンソニーが驚いたように笑いだした。「きみらしいな」ダニーの頭のてっぺんにそっと口づける。「それがきみの役に立つとは思えないが。ぼくのやり方でいくことに変わりはないからね」

「わからないわよ」ダニーはすまして答えた。「あとで驚いても知らないから」

アンソニーはダニーの寝室の戸口で立ちどまり、心を推し量ろうとするように彼女を見つめた。そのまなざしには誇らしさも入り交じっていた。「覚悟しておくよ」彼は足でドアを閉めると、慎重に暗い寝室を横切り、中央の天蓋のついたベッドへ近づいた。ベージュの繊細なペイズリー模様のカバーの上にそっとダニーを横たえる。「きみの言うように、状況をうかがうとしようか」アンソニーはベッド脇のテーブルのランプをつけた。「だが今夜はきみのそのドレスを脱がせて、ベッドに寝かせることに集中しよう。起きて坐れるかい？」

「もちろんよ」ダニーは起きあがってみせたとたん、めまいがして目を閉じた。床全体が海のようにうねっている。アンソニーはすぐにベッドのとなりに腰かけ、ダニーを抱き寄せた。

「友だちの助けを借りればね」蚊の鳴くような声で言い直す。

「ぼくを友だちと呼ぶのはこれが初めてだね」アンソニーはわずかに声をかすれさせて言った。「とても……」咳払《せきばら》いして、ぶっきらぼうにつづける。「その旺盛な自立心はひとまず休ませて、ぼくに任せたほうがいいと思うが」

「あなたがそうしてほしいなら」ダニーは用心深く目を開け、もう床がうねらなくなったのを見てほっとした。

「そうしてほしい」アンソニーはきっぱりと言い、チュールのドレスの背中のファスナーを下ろしはじめた。「すごく素敵なドレスだ。アンティークな色あいのゴールドがよく似合っているよ。きみの髪の色が引き立つ」

「わたしもきれいだと思っていたわ。ルイザを見るまではね」ダニーはしかめ面でアンソニーを見上げた。「あのドレスはあなたが買ってあげたの?」

「そうかもしれない。覚えていないが」アンソニーはなにげない口調で答え、片手で注意深くダニーを支えながら、ドレスを下ろしていき、腰から脱がせた。「彼女には小切手をはずんであるから、気に入ったドレスを好きなだけ来年の分まで買えるはずだ。その頃には支払いを引き受けてくれるほかの男を見つけているだろう」

「彼女は悲しまないかしら?」ダニーはつらそうな目をしてたずねた。「わたし、ルイザのことは好きだから」

「知っているよ」アンソニーは優しい表情になり、ダニーの顔をそっとうかがった。「そうでなければ、彼女をきみの家へ連れてきたりはしなかった」

「わたしの家?」ダニーは目を見開いた。「ブライアークリフはあなたの家でしょう。誰を招待しようとあなたの自由よ」

アンソニーはぎこちなく目をそらし、そそくさとダニーのハイヒールのサンダルを脱がせて、彼女をベッドに寝かせると、カバーをかけた。「それは違う」言葉につまりながら言う。

「六年前にきみをよそへ行かせたとき、ブライアークリフをきみに譲渡する手続きをした。

スケート選手は経済的に安定した職業とは言えない。万が一のときに頼りにできるものをきみに持っていてほしかった」ひどいしかめ面で言う。「いずれにしてもここはきみのものになるはずだったんだから、くだらない感謝の言葉はやめてくれ」

「ええ、言わないわ」あふれる涙を見せまいとして、ダニーはあわてて目を閉じた。彼はなんて素晴らしい贈り物をくれたのだろう。「万一のときの頼りね」そうかもしれない。しかしこの屋敷はわたしの生家であり、ここを愛している。アンソニーは認めないだろうが、譲渡してくれた本当の理由はそれだろう。ダニーはそうと知って、舞いあがるような喜びに包まれた。いつか近いうちに、この胸の想いを彼に打ち明けよう。今はまだ早い。もし今なにか言ったら、彼が心底嫌悪している感謝の言葉と勘違いされてしまうだろう。ダニーは目を開けて、男らしく精悍《せいかん》なアンソニーのしかめ面を、愛おしく見つめた。「そういうことならふざけて厳しい口調で言う。「あなたの愛人をわたしの家には入れないでもらえるとうれしいわ」

「わかりました、マダム」アンソニーは笑みを浮かべて言った。「心しておきます」立ちあがって言う。「哀れな居候が守るべき女主人の言いつけについては、また明日つづきを聞くとしよう。おやすみ、ダニー」

ダニーはとまどって言った。「行っちゃうの？　一緒に寝てくれるのかと思ったのに」

アンソニーは身をこわばらせ、笑みを消した。「ぼくはブライアークリフを取り引きの材料にしたわけじゃないんだよ、ダニー。感謝されるのもごめんだが、最悪なのは――」

「もう、違うわ」ダニーは弱り果てて言った。「そんなつもりで言ったんじゃないのに。ただあなたが抱きしめてこのめまいを静めてくれたらうれしいなって思っただけよ」かすかに唇をわななかせて言う。「この前はそうしてくれたわ」

「一度でじゅうぶんだ」アンソニーは硬い声で言った。「もうひと晩あれに耐えられる自信はないよ。それに感謝しているきみを利用するつもりもない」アンソニーはためらいがちにつけ加えた。「本当にぼくにいてほしいのかい？」

ダニーはうなずいた。「でもあなたがつらいなら、いいわ」

「たしかにつらいだろう」アンソニーはため息をついた。「だがべつの部屋でひと晩じゅうきみのことを心配しながら寝るよりはましだ」クイーン・アン様式の椅子をベッドのそばへ引っぱってきて言う。椅子に坐ると、ダニーの手を取り、温かい手でしっかりと包みこんだ。「妥協策だ。これでいいかい？」

「いいわ」ダニーはにっこりと微笑んだ。けれどもすぐに良心の呵責《かしゃく》を覚えた。「でもそこにずっと坐っているのはつらいでしょう。わたしが眠ったらすぐに行ってくれていいから」

「ありがとう」アンソニーは皮肉めかして言った。「覚えておくよ。さあ、目を閉じて、もうおやすみ」彼がランプを消したので、室内を照らすものは窓にかかる薄いカーテン越しに射しこむ月明かりだけになった。アンソニーの姿はぼんやりとしか見えないが、つないでいる温かな力強い彼の手が安らぎを与えてくれる。ダニーは目を閉じて、穏やかな眠りの波に身をゆだねた。

アンソニーはダニーの手から力が抜けていくのを感じ、彼女が眠ったのだとわかった。しかしダニーが言ったように、彼女を置いてすぐに出ていく気にはとうていなれなかった。人生で初めて、そばにいてほしいと彼女に頼まれたのだから。この得がたい勝利に浸るためなら、寝不足ぐらいなんでもない。

親指でそっとダニーの手を撫でる。なんて小さくて形のいい優美な手だろう。この手でダニーがするあらゆるしぐさを眺めるのが好きだ。椅子の背にもたれ、思い出に笑みをもらす。ダニーが十一、二歳ぐらいのころ、ゆっくりしたスピンを教えていたときだ。バレエのように頭上に両手を上げて、ゆっくりと優雅に円を描いて踊るダニーが、あまりにもうっとりと歓喜の表情を浮かべているので、なにを考えているんだい、と思わずたずねたことがある。「手をのばして夜空の星を取ろうとしているの」ダニーはこともなげに答えた。歓喜の表情はみるみる冷めていき、アンソニーが見慣れているなかば不安げな顔つきになった。「ばかみたいだと思うでしょ？」小声でつぶやき、滑り去っていった。

ダニーはいつも星に手をのばしている。自分のなかに、そしてまわりのすべての人々のなかに、最高のものをつねに求めて。おそらくぼくは彼女のそういう面を、もっとも愛しているのだろう。数週間後、彼女は世界で一番輝く星に手をのばすことになる。その星を彼女のためにつかみ取ってやれたらどんなにいいだろう！

しかしそれはできない。ダニーは自分の力で星をつかまなければならないのだ。ぼくがそうしたように。介入したりすれば、最悪の方法で彼女を裏切ることになる。ぼくはただそばにいて、苦闘する彼女を見つめ、彼女がゆるすかぎりこの手を握り、愛するだけ。そう、愛することならできる。

アンソニーは椅子の背に頭を預け、夜明けまで寝ずの番をすべく備えた。薄暗がりのなかで眠るダニーの横顔を見つめ、これから星をつかもうとしている愛しい女性の手を、そっと守るように握りしめた。

5

目が覚めると、アンソニーはもういなかった。二日前の朝に見つけたような、そっけない書き置きもない。けれども気にはならなかった。かぎりなく澄んだ純粋な喜びを乱す思いはなにひとつ浮かばない。ふだん起きるよりずいぶん遅く、もうじき九時だ。ダニーは急いでシャワーを浴びて、練習着に着替えると、三十分後には階下へ駆け下りていた。

階段を下りたところでボウと鉢合わせした。彼はダニーの喜びに輝く顔を一目見て、眉を動かして目をきらめかせた。「今朝は二日酔いでふらふらかと思っていたのに」彼は言った。「目の下にくまを作って、一歩進むごとに頭痛にうめいてさ。慣れない酒をがぶ飲みしていたからね」

「失礼な言い方しないで」ダニーはボウをにらみつけた。「がぶ飲みなんてしないわ。上品にたしなんだのよ」

「かなり多めにね」

二見海外文庫
8月の新刊
1308／illustration by 上杉忠弘
ROMANCE & MYSTERY

ROMANCE & MYSTERY

8月の新刊

密会はお望みのとおりに

クリスティーナ・ブルック=著
村山美雪=訳

1,000円(税込) ISBN 978-4-576-13122-1

2012年RITA賞ファイナリスト作品
〈婚姻省シリーズ〉開幕!

夫が急死し、若くして未亡人となったジェイン。再婚はせずひっそりと暮らすつもりだったが、不可解にも遺言書が書き換えられていたため、悪名高い遺産相続人の貴族にある提案を持ちかけることに?

ROMANCE & MYSTERY

7月の既刊

好評発売中

運命は炎のように

リサ・マリー・ライス=著
林 啓恵=訳

900円(税込) ISBN 978-4-576-13102-3

元勤務先の経営者から命を狙われる身となったエレン。逃亡生活を送るなか、ある日、最後の頼みの綱である番号に電話し、そこで逞しくも陰のある男性に出逢い……シリーズ第二弾

危険な愛のいざない

アナ・キャンベル=著
森嶋マリ=訳

1,000円(税込) ISBN 978-4-576-13103-0

故郷の領主とのある取引のため、悪名高い放蕩者の伯爵の愛人となったダイアナ。しかし実際に会った伯爵は噂と違って誠実そうな美青年で、心ならずも惹かれてしまい……?

ダニーは情けない顔で認めた。「たしかに量は多かったわね。でも心配いらないわ。ちょっと頭が痛いけど、練習をはじめればすぐに吹き飛ぶから」革のベルトの腕時計に目をやる。「トーストとコーヒーで朝食をすませたら、十分で行くわ。いい？」

「残念ながら」ボウは首をふった。「そうはいかないんだよ。アンソニーが残していった、きみの今日の細かいスケジュール表があるんだ」気まずそうに言う。「きみは気に入らないだろうが」

「残していった？」ダニーはきき返した。「アンソニーはいないの？」

ボウはうなずいた。「お色気ルイザと四十分ほど前に出かけたよ。彼女は荷物を持っていったから、もう戻る気はなさそうだ」

「残念だわ。お別れも言えなかった」ダニーはぼんやりとつぶやいた。アンソニーが一言もなく出かけてしまうとは思いもしなかった。一瞬、幸福感に影がさしたが、すぐに自分をいましめた。いったいなにを期待していたの？　昨夜はほんのはじまり。やっとふたりの新しい関係の下地作りをしたばかりだ。まだ先は長いのよ。アンソニーはあいかわらず理解に苦しむ複雑な人のままで、変わったのはわたしの心持ちだけ。でもそれで今はじゅうぶんだと思わなくては。「わたしになにか伝言はある？」

「いくつかあるよ」ボウはからかうような口調で言った。「まず、ゆっくり時間をかけて朝食を味わうこと。きみがちゃんと食べたことを、ぼくは見届けなくてはならない。さもないと死刑だ。そのあと、三時間の楽しい練習時間で、規定演技をみっちりやれとさ」ダニーの不服そうな顔を見て、ボウは言った。「きみの不満はわかるよ」

「規定演技は昨日やったはずよ」ダニーは反論した。

「アンソニーは、今日もやれと言っている。その後、休憩を取り、軽くランチを食べる。そしてもし気が向けば、夕食までバレエの練習をしてもよい」

「滑るのはたった三時間で、規定演技だけ?」ダニーは不満げに首をふった。「納得いかないわ。アンソニーはなにを考えているの?」

ボウは肩をすくめた。「今夜、十時にリンクできみと会いたいそうだから、フリー・プログラムはアンソニー自身がコーチをするつもりかもしれないよ」

ダニーの鼓動が跳ねあがった。「アンソニーは今夜帰ってくるの?」

ボウはうなずき、急に顔を輝かせたダニーを不思議そうに見つめて言った。「ダイナスの仕事が夕方まであるらしいが、遅くとも十時には帰るときみに伝えるように言われた。多忙なスケジュールの合間にきみのトレーニングを割りこませたみたいだな」

「光栄だと思わなきゃ」ダニーは軽い口調で言った。「今日はよく体を休めて、彼が戻ってきたときに、リフレッシュして練習にのぞむことにするわ」

「心配していたほど不機嫌じゃないね」ボウはいぶかしげに言った。「なにも不満はないのかい？」

「今はとくにないわ」ダニーはすまして微笑み、ボウと腕を組んだ。「あなたのお気に入りのスカーレットが言うように、明日は明日の風が吹くってこと。さあ、朝食の席に案内して。アンソニーが命じた〝強制的栄養摂取〟にとりかかりましょう」


リンクを設置したコンクリートの建物のアーチ形の窓に明かりは灯っていない。ダニーは歩いていきながら、失望感が胸を刺すのを感じた。アンソニーは時間までに戻れなかったのかもしれない。期待は禁物、と自分をいましめる。アンソニーは恐ろしく多忙な身で、仕事に熱中するあまり、時間どおりには戻れなくなったとわたしに伝えることさえ忘れていても不思議はない。考えつくかぎりの理由を思い浮かべてみたが、心に重石《おもし》を乗せられたようで、ちっとも気分が軽くならなかった。

ところがドアを開けたとき、音楽が聞こえた。ラヴェルの〈ボレロ〉の華麗な調べが空っぽのリンクいっぱいに華々しく響き渡っている。誰もいないわけではないことに気づき、ダニーは胸を躍らせた。

黒いセーターとジーンズ姿のアンソニーがリンクの中央にいた。ずっと昔、初めて彼を見たときの記憶がよみがえる。まるで黒い炎のよう。月日がすぎた今も、その印象はほとんど変わっていない。信じがたいほどの優雅さで、氷の上を縦横無尽に滑るさまは息をのむほど美しい。完璧な正確さのトリプル・ジャンプ、目にも留まらぬスピン、詩のように華麗なキャメル・ターン（片手を前、ほかの手足を後ろにのばし、アラベスクのポーズで行うターン）。

照明はいっさいつけていないが、ダニーはアンソニーの踊る姿をはっきりと見ることができた。天井のほぼ全体を占めている天窓からあふれる銀色の月光が、きらめく氷とその上をわがもの顔で滑る男性を照らしている。

ダニーはそっとドアを閉めると、アンソニーの精悍な姿から片時も目を離さずに、リンクの向こうの、音響機器があるほうへゆっくりと歩いていった。アンソニーはまだこちらに気づいていないようで、日頃は押し隠している情熱的な激しさを解放して踊る彼の姿を、じゃまされずに心ゆくまで眺められるこの貴重なチャンスをダニーは無駄にはしたくなかった。ベンチに腰かけて、慣れた手つきで鞄のファスナーを開け、スケート靴を取りだして履く。ああ、あの全開脚ジャンプの高さときたら、なんて見事なのだろう。アンソニーはまぎれもなく氷と一体になっている。ダニーは靴紐を素早く結びながら、自分の未熟さをかみしめた。開脚ジャンプのときも彼は舞いあがるように飛び立ち、その着地を氷が恋人のように抱きとめることを、見る者は疑わない。

わたしもそんなふうに彼を受けとめよう。もしも彼がわたしのもとへ来てくれたら。ふいにそう悟っても、ダニーは驚かなかった。今日一日ずっと抑えようとしてきたわくわくする胸の高まり、本能的に選んで身につけた今夜の衣装、夢のような運命への予感。ここへ来たのは練習のためではない。アンソニーのものになりたい。女の原始的な衝動にうながされ、彼に身を捧げにきたのだ。

けれどもアンソニーにこの申し出を受け入れさせるには、どうしたらいいのだろう？　この前の夜はオリンピックが終わるまで待つなどと言って、猛烈にじれったい思いをさせられ、昨夜の彼は完璧に自制していた。今さら我慢してもなんにもならないことを、アンソニーにもわからせなくては。第一の作戦は、曲の変更だ。アンソニーはソロでも最高に素晴らしいけれど、今はデュエットのほうを見てみたい。

ダニーが〈ボレロ〉のカセットを取りだして、自分がオリンピックで踊る曲を入れると、アンソニーは滑るのをやめた。美しくもの悲しい映画『ある日どこかで』のテーマ曲の切ないメロディが流れはじめる。彼はベンチのある暗闇に目をこらした。「ダニー？」

「ここよ」ダニーは興奮に震える声をけんめいに抑えて答えると、暗がりからアンソニーのもとへ滑りだしていった。「あなたは秘密主義の人だから、練習を見るチャンスはめったにないでしょう。だから少し前からこっそり見させてもらっていたの」

「そんな気がしていたよ」アンソニーはそう言ってダニーを驚かせた。彼女は一メートルほどの距離で立ちどまり、かげりを帯びたアンソニーの顔にひときわ輝くシルバー・グリーンの瞳を見つめた。「いつもひかえめにしているわけじゃない。オスなら誰でも、羽を広げて魅力を誇示する機会が訪れるものだ」一瞬、口をつぐむ。「求愛の季節に」

ダニーはどぎまぎして息苦しくなった。「あなたが踊っていたのは、わたしへの求愛のダンスなの？」

「ぼくなりにベストを尽くしたつもりだ。喜んでもらえたかい、ダニー？」

「ええ、うれしいわ」ダニーは震える声で笑った。「大満足よ」スケート用の衣装のプリーツ・スカートをひらひらさせて言う。「今夜はわたしも魅力を誇示しようと思って。喜んでもらえた？」

アンソニーはダニーの頭からつま先までまじまじと眺めた。ああ、彼女はなんて美しいんだろう。白いプリーツのミニ・スカートは柔らかく上質なシルクで、月明かりを受けて光沢を放っている。白いタートルネックのセーターが高く盛りあがった胸のふくらみをぴったりと包みこみ、その下は生まれたままの姿であることがうかがえた。いつもひっつめにしている髪を今日は下ろし、赤褐色の滝のように肩から流れさせている。アンソニーは深く息を吸った。「答えはわかっているはずだよ。きみが本気でそう思うなら、徹底的に魅力を誇示するんだな」

「中途半端では意味がないわ」ダニーはわざと軽い口調で言った。「なにごとも本気でするのがわたしのモットーなの」

「適度にしておくほうがいいこともある」アンソニーは用心深く言った。「ぼくは求愛の時期と言ったんだよ。交わりではなく」

「そうなの?」ダニーは伏し目がちに問い返した。「でももう一度、求愛の儀式をしてもらっても、悪いことはないでしょう?」ふざけて膝を曲げてお辞儀をする。「わたしと踊っていただけますか、アンソニー?」

アンソニーは笑って答えた。「もう六年もペアで踊っていないからな。お互い尻餅をついてひどい目に遭うかもしれないぞ」

「わたしを信じて」ダニーは両手をさしのべて誘いかけた。「わたしもあなたを信じるから」

アンソニーは身じろぎもしなかった。ダニーの言葉はもっと深い意味がこめられていることを匂わせている。「本当に?」彼はゆっくりと両手をさしだして、ダニーの手を取った。

「それならぼくも信じないわけにはいかないな」彼女を腕に抱いてくるりとまわると、赤い髪が旗のように広がってゆれた。「断れない申し出だ」

ペアで踊るには、何年も休みなく練習してはじめて、ようやく流れるようにふたりが一体となることができる。六年間もブランクがあるのだから、みっともなく転ぶのがおちだと言うアンソニーの言葉は正しいかもしれない。けれどもそうはならなかった。なめらかに美しく、息をのむほど親密に踊ることができた。高々と持ちあげる派手なリフトも、強烈なスピンもない。アンソニーはただダニーを腕に抱いて踊り、ひとつに溶けあって円を描いた。ダニーは天にも昇る心地だった。銀色の月光がスケートの刃にきらめき、白いプリーツが黒いデニムの脚にまとわりつき、甘く切ないメロディが光と影を縫うように流れる。夢のように素敵な光景。

舞いあがるような喜びが、どの時点で欲望へと転じたのか、ダニーにははっきりとわからなかった。しゃがんで脚をからませあい、シット・スピンをしているときだったかもしれない。それとも彼の腕のなかに抱きあげられたときだろうか。あまりにも優しい彼のしぐさに熱い涙がこみあげてきた。ふいに強く欲望を意識した瞬間、アンソニーの腕に力が入り、彼も同じ思いを抱いていることがわかった。

アンソニーのこめかみの血管が脈打っているのを見て、自分も同様であることをダニーは悟った。引き締まったしなやかな彼の熱い体と、踊るたびに触れあい、痛いほど敏感になっていく。ダニーの太腿を支えるアンソニーの手が震え、彼は広げた両脚のあいだに彼女を包みこむように抱きしめたまま、動きを止めた。

じっとダニーを抱いて、肩で息をしている。「そろそろ求愛の儀式は中断したほうがよさそうだ」彼はかすれ声で言った。

「わたしもそう思うわ」ダニーは顔をもたげて、アンソニーの温かく脈打っている喉元に唇を押しあてた。「交わりの儀式に移りましょう」ダニーは返事をする隙を与えず、アンソニーが身をこわばらせるのもかまわずに唇を重ねた。甘い口づけはたちまち情熱的になり、ダニーは大胆に彼の唇に舌を滑りこませた。

アンソニーはじっと身を硬くしていたが、やがて喉の奥から低いうめき声をもらして、舌をからませ、熱く性急に激しいキスを返してきた。息もつけないほど長いキスのあとで、彼は顔を引き離し、あえぐように言った。「オリンピックが！」

ダニーは彼の硬い胸にぴったりと寄り添った。「わたしはオリンピックを制するわ」熱をこめてささやく。「そしてあなたも。どちらも手に入れるの」

「言ったはずだ――」

「ええ、いろいろとね」ダニーは唇でアンソニーの温かい喉元をたどった。「でもこれからは耳を傾けないことにしたの。そういうのはもう通用しないってわかったから」

「通用しない？」アンソニーは自分がなにを言っているのかさえわからなくなっていた。ブラジャーをつけていない柔らかな胸の丸みを押しつけられながら、カシミアのセーターの下に手を滑りこませて素肌に触れたいという誘惑を退けるのは、まさしく拷問のようだ。

「そうよ」ダニーは挑発的にアンソニーの顎の下に甘く歯を立てた。「以前はあなたが支配権を握っていたけど、これからはふたりで対等に関係を築いていくんだもの」

「ダニー、できないよ――」

「できるわ」そう言うなり、ダニーはいたずらっぽく笑ってアンソニーの腕から逃れた。暗褐色の瞳は楽しげに輝いている。「わたしはすごく意志の強い女なんだから」両手を腰に当て、セーターの裾をもてあそぶ。「あなたはいつもわたしが望むものを与えてくれた。どうして今はそうしてくれないのか理由がわからない」素早くひと息にセーターを頭から脱ぎ捨てた。月明かりに白い乳房が艶《つや》めき、ピンクの頂は色濃くとがっている。「あなたの手がどんなふうに触れたか、覚えているわ、アンソニー」ささやくように言う。「あなたは覚えている？　もう一度、触れてほしいの」

もちろん覚えている。その生々しい記憶のせいで痛いほど下腹部が硬くなっているのだ。

「風邪を引くぞ」アンソニーはうなるように言った。

「風邪なんて引かないわ」ダニーは甘い微笑みを返した。「あなたがそんなことはさせないもの」頭をふると、赤褐色のつややかな長い髪が滝のように肩から背中へとゆれ広がった。

「はい、これ」と言って、脱いだセーターをアンソニーに放ると、ダニーはリンクの暗い向こう端へと滑っていった。「わたしをつかまえて、そのセーターを着せてよ」笑って言う。「風邪を引かせたくなかったら、つかまえて！」

アンソニーは柔らかなカシミアのセーターを握りしめたまま、しばしリンクの中央に立ちつくしていた。いったいどうすればいいんだ？　初めて見るダニーに、どう対処していいやら皆目わからない。わが身の欲求だけでなく、彼女にまで抵抗しなければならないとは。ともかく、この寒い屋内リンクを半分裸でふらつかせておくわけにはいかない。アンソニーは意を決し、ダニーのあとを追った。

ベンチのところへ行くと、ダニーはもういなかった。彼女の白いスケート靴が、ブーツや靴用の鞄と一緒にベンチの上に無造作に置いてある。どうやってこんなにすぐ靴を脱いだんだ？　すると今は、素足にストッキングだけで氷のように冷たい木の床を走りまわっているわけか。アンソニーはベンチに腰かけて自分のスケート靴を脱ぐと、ダニーの靴の横に置き、ローファーに履き替えた。

「ダニー」アンソニーはいらだった声で呼びかけた。観覧席のあいだを通り抜けながら彼女を呼ぶアンソニーの声が、天井の高い建物内にこだまする。「ダニー、返事をしなさい！」

座席の肘かけに光沢のあるひらひらした布きれがかかっているのを見つけ、アンソニーは拾いあげた。ダニーのスカートだ。猛烈な欲望が痛いほど突きあげた。「ダニー！」

ラウンジへつづく手すりにスケート用のストッキングがひっかけてあった。アンソニーはそれにはかまわず、夢遊病者のように朦朧《もうろう》としてドアへ向かった。

ドアを開けたらどんな光景を見ることになるのか、彼はわかっていた。それでも実際に目の当たりにして、みぞおちを蹴られたような衝撃を覚えた。ダニーは青い花模様のソファから、クッションをすべて床に下ろして即席のベッドをこしらえていた。その上にちょこんと坐り、両手を慎《つつ》ましく膝に重ね、ランプの明かりに褐色の瞳を輝かせている。生まれたままの姿になっていた。

ダニーはアンソニーの熱いまなざしを全身に感じ、興奮の火照りに胸が張り、息が浅く乱れた。「逃げると男の人は追いかけたくなるっていうじゃない？」恥じらう自分を叱りつけて、ダニーはささやいた。アンソニーを誘惑したいんでしょ、おどおどしてどうするの。

「それで試してみようと思ったの」顎をつんとあげる。「そそられた、アンソニー？」

「いいや、そんな気分じゃない」アンソニーは閉じたドアにもたれて答えた。激しく思いつめたような官能的な表情を見て、ダニーの全身の血が沸き立った。「ぼくは腹を立て、興奮している」一瞬口をつぐむ。「きみには負けたよ」ダニーのセーターとスカートを下に落とし、自分のベルトをゆるめにかかった。「服をちゃんと着るんだぞ」セーターを頭から脱ぎ捨てながら言う。「あとでな」

いつもの無駄のない優美な動きで服を脱ぐアンソニーを、ダニーは目を見開いて見つめていた。「本気で怒っているわけじゃないでしょう？」

「なにを期待していた？」ダニーのほうへ歩いてきながら、アンソニーはたずねた。「ぼくは自分が正しいと考えることに反して、無理になにかをさせられるのは好きじゃない」

「わたし、無理強いしている？」そばにひざまずいたアンソニーに、ダニーはとまどってきき返した。「あなたを誘惑したかったの」

「それも同じことだ」カールした赤い髪がひと房、愛でるようにダニーの裸の乳房にかかっている。アンソニーはそれを払いのけて、代わりに舌を這わせたかった。けれども彼女に触れるのが怖くて、けんめいに両手を動かすまいとした。強烈な欲望にむしばまれ、野蛮なけだものになりさがってしまうのが恐ろしい。彼女を犯すような真似だけはしたくない。「きみに優しくできるかどうか、自信がないんだ」アンソニーはためらいながら言った。「これほど誰かを欲しいと思うのは初めてだから」

ダニーは安心した。「優しくしてほしいなんて誰が言った？」軽い口調で答える。「自分の面倒は自分で見なさいって教えてくれたのは、あなたでしょう？」

アンソニーはふいに表情をやわらげた。「こういう状況は少し違うな」黒髪の頭を下げて、乳首にかかった髪の房を唇で払いのけると、熱い舌をそっと這わせた。「この場合は、お互いに面倒を見あうんだよ」ダニーをクッションの上に寝かせ、欲望に煙った目で見下ろす。「脚を開いてごらん。きみに触れたい」

ダニーは興奮のせいで気だるく感じる両脚を、言われたとおりに開いた。アンソニーの顔は欲望にこわばり、グリーンの瞳は見たこともないほど濃くかげっている。彼は自分の脚をダニーの脚のあいだに滑りこませて、さらに開かせた。両脇に手をつき、唇が触れそうなほど顔を近づける。「キスしてくれ」ささやき声でうながし、ゆっくりと腰をまわすようにして下腹部をこすりつける。「そうしたら、ぼくもキスをする。キスしてほしいかい、ダニー？」

「ええ、してほしいわ！」小さなあえぎはアンソニーの唇に吸い取られた。ダニーは彼の首に腕をまわして引き寄せ、舌をさしだした。彼はその舌を唇でとらえ、官能的に吸ったり甘くかんだりしながら、ゆっくりと腰をまわして下腹部をこすりあわせた。ダニーはもっとしてほしくて腰をそらせた。

夢中で唇を離し、やっとのことでささやく。「アンソニー、わたし、熱いわ……」ふたたび唇を重ねられ、彼の手で熱の源を愛撫されると、ますます炎をかきたてられた。彼の指にもてあそばれ、探られて、内側の奥深いところがひきつる。すると、いきなり指がなかに入ってきて、ダニーは小さく悲鳴をもらした。

アンソニーははっとして顔をもたげた。「痛かったかい？」けれどダニーの表情を見て安堵する。そこに浮かんでいるのは驚きと快感の気だるさと官能の悦びであり、苦痛はない。彼はダニーの顔を見つめながら、指を出し入れしたり、まわしたりした。自分の指に愛される彼女が、欲情に燃えた表情を浮かべるのを見ていると、耐えがたいほど昂ぶった。彼女がもらす小さなあえぎやうめき声が、いっそうの興奮をかきたてる。彼女を喜悦の頂に登りつめさせられることに野蛮な満足感を覚えた。だが彼自身、もう我慢の限界に達しようとしていた。

「準備ができたようだね」アンソニーは荒々しく息をつきながら言うと、身を乗りだし、男性のあかしをダニーの女の中心に押しあてた。「ぼくも準備万端だよ」ゆっくりと優しく進めるつもりだったが、彼女のなかはあまりにも熱く締まり、我慢しきれなくなってしまった。

強く激しく突き入れられて、ダニーはあっと息をのんだ。体の奥をいっぱいに満たされ、自分の上で官能的な悦びの表情を浮かべるアンソニーを見て、ダニーもいっそうの快感をかきたてられた。つややかな黒髪が額に落ちかかり、彼はきつく目を閉じてゆっくりと腰を動かしている。

ダニーがあえぎ声をもらすと、アンソニーは目を開けて気だるく官能的な表情で彼女を見下ろした。「ふるさとに戻った気分だ」瞳にはめったに見せないいたずらっぽい輝きがある。「しばらくここにとどまってもいいかな?」そう言うなり、ダニーの腰を持ちあげて、さらに深く身を沈めてきた。「覚えているかい、きみについてもっとよく知りたいと言ったことを?」

「今?」ダニーは驚いて目を見開いた。「アンソニー、でも――」愛情と多少の荒々しさのこもった愛撫の手でまさぐられ、ダニーは言葉をのみこんだ。快感に頭が吹き飛びそうになり、激しく息をあえがせて身を震わせる。無意識に腰を突きあげると、アンソニーのからかいの表情は消え、鋭く息を吸いこんだ。

ふたたび体を重ねる。「つづきはまたあとで学ぼう」うなるように言い、両手でダニーのヒップをつかんで腰を上げさせた。「ぼくたちにはまだたっぷり時間があるからね」いったん引き抜き、奥まで激しく突き入れたかと思うと、なめらかなリズムを刻んでダニーをべつの宇宙へ誘った。

生まれて初めて味わうリズムは速く、永遠につづくかのように思えた。体の奥を、そして心を満たすリズム。冷たい水晶のかけらが太陽に焼かれ、熱くとろけて、炎となってらせんを描いてのぼっていく。やがて水晶のかけらはばらばらの矢となり、えもいわれぬ快感をもたらす。鮮やかに輝く光のプリズムの美しい色彩が粉々に砕けて、喜悦のかけらとなって飛び散った。

絶頂の悦びにアンソニーは顔をゆがめ、荒々しく肩で息をつきながら寝転がり、所有欲をむきだしにしてダニーを抱き寄せた。「大丈夫かい？　痛くなかった？」気遣わしげにダニーを見つめる。

「いいえ」胸の鼓動があまりにも速くて、ダニーはしゃべるのもやっとだった。「大丈夫。あなたは？」

アンソニーは安堵と同時に、愉快そうな表情を浮かべた。「これ以上ないくらい最高の気分だよ」まじめな顔つきで言う。「きみはものすごく優しくしてくれた」そっと額に口づけられて、ダニーは喉元に熱いかたまりがこみあげた。「バージンなのはきみのほうなのに。スポーツをやっているから、それほど痛みはないだろうと思ったが、確信は持てなかった。死ぬほど心配したよ」

「痛くなかったわ」ダニーは満足そうに身を寄せた。「悦びだけしか感じなかった。すべての瞬間が素敵で、夢のようだったわ」ふざけてアンソニーの肩にそっと歯を立てる。「アパートメントで抱いてくれなかったあなたを恨むわ。三日も無駄にしてしまったんだもの」

アンソニーは身を硬くした。「待つほうが賢明だと思ったんだ」ダニーから体を離して起きあがる。「今もその気持ちは変わらない」しなやかな身ごなしでクッションのベッドから立ちあがり、ダニーを見下ろした。さきほどの無防備さや優しさは、いつもの無表情な仮面に隠されてしまった。「話しあわなければいけないな」

「今？」黒いセーターを床から拾って、ふたたびそばに膝をつくアンソニーに、ダニーは呆然とたずねた。

「今だ」アンソニーはきっぱりと答え、ダニーを起きあがらせて、小さな女の子に学校へ行く身支度をさせるように、セーターを頭からかぶせて袖を通させた。「きみの誘惑作戦には大いに心を乱されたよ」セーターの裾を腿まで下ろし、長すぎる袖をまくる。顔を上げると、アンソニーの瞳はほとんど銀色に見えた。「操られている気がした」

ダニーはうなずいた。「それはあなたが、ほかの人に主導権をゆだねることに慣れていないせいね」髪を後ろに払いながら、わざと明るく答える。「なんでも自分のやり方で通してきたからよ」あぐらをかいて坐り、茶目っ気たっぷりにアンソニーに笑いかける。「お気に召したかしら、独裁者さん？」

アンソニーは不機嫌そうに口をひき結んだ。「気に入らない。こうなるべきではなかったんだ。まだ」

「ばかばかしい」ダニーは一言で片づけた。「お互いに大人として同意したことじゃない」楽しげに瞳を躍らせる。「ほんの数分前までは、あなたも完璧に同意していたくせに。お互いが望むときに愛を交わしてはいけない理由なんてないでしょう」ダニーは表情をやわらげた。「わたしは望んでいたわ」

「だが、なぜ望んだ?」アンソニーは疑いに目を細めて言った。「性欲か、好奇心か、気まぐれか?」表情が険しくなる。「それとも感謝かい? ブライアークリフを譲ったお礼のつもりなら、ぼくは言ったはず——」

ダニーはアンソニーの口に指を当てて黙らせた。「まったくもう、あなたはそのことにこだわりすぎよ」すねて言う。「あなたへの感謝の気持ちはあいにく消すわけにいかないわ。あなたは本当にわたしによくしてくれた。あなたがいなければ、わたしは無情で酷薄な人間になっていたかもしれない。でもいくら感謝しているとはいえ、それだけの理由で純潔を捧げたりはしないわ」アンソニーの口から指をはずす。「この無垢な体はあなたに触れてもらいたがっていた。だからその願いを叶《かな》えるために、作戦をひねりだしたというわけ」

「誘惑か」

「そのとおり」ダニーは満足そうに微笑んだ。「それと、ブライアークリフを譲ってもらったお礼だなんて、考える必要はないわ。なるべく早くに、あなたへ返すよう手続きを取るつもりだから」

「だめだ!」アンソニーはいっそう険しい表情を浮かべた。「そんなばかげたことは認めないぞ。ぼくはこの屋敷をなんとも思わないが、きみにとっては大切な家じゃないか」

「いずれはそうなるわ」ダニーはすました顔で言った。「金メダルを獲って、プロとしてアイス・ショーの契約が取れたら、お金を稼いであなたから買い戻すつもりよ。それまで、ここはあなたのものよ、アンソニー」

「返してもらっても、ぼくは受け取らないぞ」うなるように言うアンソニーを見て、小さな男の子がごねているみたい、とダニーは思った。

「いいえ、受け取ってもらうわ」涼しい顔で言う。「わたしは完璧に自立した大人の女ですので、紳士のお友達から受け取るのは、キャンディや花束だけにしているの」長い睫毛を艶っぽくまたたく。「ボウの好きな南部の貴婦人と違って、他人の情けをあてにしたりはしないわ」

「他人？」アンソニーは皮肉っぽく口元をゆがめた。「十四年もともに過ごし、今夜はあれほど親密に交わったというのに、ぼくを他人と呼ぶのかい、ダニー？」

「そうよ」ダニーは静かに言った。愛する他人。わたしの体を興奮で熱くし、心をかき乱し、存在するだけで磁石のようにわたしを引きつけてやまない他人。「わたしたちはずっと他人同士だったわ。それ以上の関係になることを、あなたがわたしにゆるさなかったから。あなたを怖れるわたしは、それ以上の関係になる勇気を出せなかったから」ダニーはしばし口をつぐんだ。「過去形で言ったことに気づいた？　そう、今はもう怖れてはいない。だから今夜、あなたに抱いてもらいたいと望んだの。あなたを知りたいのよ、アンソニー」

「肉体の関係という意味でかい？」

「いいえ、あらゆる意味において」ダニーはまじめな口調で言った。「あなたはいろいろな意味でわたしの人生を長いあいだ支配してきた。あなたに対する気持ちはとても複雑で、整理したくてもとても無理。でもどうしても片をつけたいの」

「だから心理的な治療法として、ぼくの愛人になろうとしたわけかい?」アンソニーの心を隠すベールがいっそう厚く硬くなるのをダニーは感じた。「とうてい賛成しかねるな」

「そうでしょうね」ダニーは澄んだ目でまっすぐにアンソニーを見た。「あなたはわたしたちの関係の支配権を取り戻したいのよ。今までどおりに自分と外側の世界を隔てる壁を維持しつづけるには、そうするしかないから」悲しげに微笑む。「たしかにあなたはわたしに自立をうながし、セックスで満足を与え、ほんのちょっぴり気持ちを明かしてもくれたわ。それでわたしもしばらくは幸せでいられたかもしれない。自分に欠けているものに気づくまではね。それが狙いだったんでしょう?」

「狙いなどない」アンソニーはしゃがんだ姿勢のままで答えた。逞しく美しい肉体をさらしていることはまったく意識していないらしい。「だが無意識にそういう方向に持っていこうとしていたのかもしれないな」かすかな笑みを浮かべて言った。「それと、セックスではたんなる満足よりはるかにいいものを与えてあげるつもりだよ。きみは気づかなかったかもしれないが、ぼくらの体の相性は抜群だ」

「気づいていたわ」小さく答える。ああ、彼はなんて美しいの。力強く引き締まった脚は芸術作品のように優美で、逞しくてなめらかな肩や胸の筋肉は温かく、思わず触れてみたくなる。もう一度抱かれたいという強い衝動に、ダニーはわれながら動揺した。こんなにすぐ？深呼吸をして胸を落ち着かせた。「でもそれだけではじゅうぶんじゃないわ。わたしはもう少し多くを求めるつもりよ」唇をきっぱりと結ぶ。「いいえ、要求するわ」

「要求」アンソニーは苦虫をかみつぶしたような顔で繰り返した。「その言葉のニュアンスは気に入らない。求めてくれるのはけっこうだが、そういう強気な態度は歓迎できないね、ダニー」

「そうなの？　ジャックは喜んでくれるわ」ダニーはわざと挑発するように言った。「彼はわたしの強気なところが好きなんですって」アンソニーが顔をしかめるのを、ダニーは好奇心たっぷりに観察した。「わたしたちはお互いにとてもオープンだから。関係を結ぶってそういうことでしょ」一瞬言葉を切ってから、つけ加える。「親しい関係を」

「きみの狙いはわかっているぞ」アンソニーは無愛想に言ったが、瞳は燃え立っていた。「嫉妬をあおるのは昔からの常套《じょうとう》手段だが、きみの場合はあからさますぎる」

「べつに隠すようなことなんてないもの。あなたはわたしが望むものを与えてくれないけれど、喜んでそうしてくれる男性はほかにもいると言っただけよ」ダニーは優しさと痛みのまざった表情を見られまいと、顔をそむけた。ほかの男性なんていらない。欲しいのはアンソニーだけ——これからもずっと。アンソニーただひとり。「もっと簡単に自分を見せてくれる男性はね」

「いったいなにが言いたいんだ、ダニー？」そっけない口調を裏切るように、アンソニーの瞳は激しい嫉妬に煙っていた。「狙いがあるようだが、要点を言ってくれないか？」

「つまり、わたしはあなたの身も心もすべて自分のものにしたいということ」ダニーは素直に告げた。「あなたがそうさせてくれるなら、わたしも同じようにすべてを捧げるわ」まっすぐにアンソニーを見つめ返す。「もしだめだと言うなら、わたしたち、別れたほうがいいと思うの。それ以外の関係では耐えられないから」

「きみは簡単に言うが」アンソニーは苛立ちにかすれた声で言った。「ぼくは心の問題に関するかぎり、狭量な男だと言ったはずだ」彼の顔は暗く張りつめている。「きみの望みには応えられない。今後も、できるかどうかわからない。なにかがぼくのなかで、感情を手放すまいとするんだ。ぼくだってコワルトみたいな単純であけっぴろげなやつになれたら、どんなに楽かと思うさ」

ああ、どれほど彼を愛していることか。ダニーは強烈な母性愛が痛いほど胸にあふれるのを感じた。アンソニーを抱きしめて、彼のなかの痛みを取り去ってあげたい。もう大丈夫、今のあなたが与えてくれるものでじゅうぶん満足よ、と言ってあげたい。でもだめだ。そうするわけにはいかない。今、譲歩したら、お互いにすべてをわかちあえるチャンスを奪ってしまうことになる。

「じゃあ、わたしが方法を教えてあげる」ダニーは努めてふつうの口調で言った。「あなたは今まで何年ものあいだ、わたしにさまざまなことを教えてくれた」涙ぐみそうになりながら微笑む。「だから今度は、役割交替よ。それがフェアプレーというものでしょ?」

「うまくいかなかったら?」アンソニーの声は荒々しくかすれていた。「ぼくがきみを手放すと思っているなら、残念ながらきみの考えは甘いよ」

「わたしに試させて。お願い」ダニーはささやいた。「ひとつだけ約束して。あなたに近づきたくてわたしが探りを入れても、怒って心を閉ざしたりしないって」

アンソニーは長いあいだ無言だった。ダニーは彼の内面の緊張を手に取るように感じた。

「まったく頑固なお嬢ちゃんだな、きみは」彼はぎこちなく言った。「わかったよ、できるかぎりのことをしよう」うれしさに顔を輝かせるダニーを見てさらに言う。「だがなにもかもきみの指示どおりにするわけにはいかない。きみの理想の明るく楽しい男にぼくを変えられなかった場合の保険をかけたい」

「保険?」

アンソニーはうなずいた。「つねに一緒にいて、親密につきあい、セックスをするという三つの行為は、無敵の作戦術だ。その状態に浸りきって二週間を過ごしたあとでは、きみのその強情さも薄れているかもしれない」

「二週間?」ダニーはとまどってきき返した。「どういうこと?」

「これから二週間、ぼくたちは一緒に出かける」アンソニーは冷静に告げた。「ホワイト山脈にぼくがたまに使う別荘がある。小さな建物で、完全に人里離れている。電話も通じない。私有地のなかに池があって、今の季節はつねに凍っているから、そこで練習をして細かい欠点を調整しよう」アンソニーはかすかに笑みを浮かべた。「過剰な特訓はさせないよ。ベッドで過ごす時間のほうが圧倒的に多くなるだろうからね」

「賢明なことだとは思えないけど」ダニーはためらいがちに言った。「二週間後にはすぐにオリンピックの開催地へ出発しなきゃならないわ。それまでに万全の仕上がりにできると思う?」

「今さら迷っても遅いよ。きみと愛を交わしたら、ぼくの最優先事項がどうなるか、伝えたはずだと思うが」アンソニーは、彼の黒いセーターに包まれてつんと張りだした可愛らしいダニーの胸元に視線を這わせた。「きみが第一で、金メダルは二の次だ。きみが選んだんだぞ」

「本気のはずがないわ」ダニーは静かに言った。「わたしと同じくらい、あなたも金メダルを獲りたがっているんだもの。勝負の目前になって、わたしがメダルを逃すようなことをさせるはずがないわ」

「そうかな？」アンソニーは皮肉っぽい笑みを浮かべた。「〝他人〟の考えがどうしてきみにわかる？」疲れたように肩をすくめる。「もちろんメダルを逃させたくはないさ。しかし今が特訓のしすぎだというぼくの指摘は正しいと思っている。だとすれば、きみにとってこれは最善の方法なんだ」アンソニーはダニーの目を見た。「いっぽうで、きみをひとりじめしたいというぼくの長年の望みを叶えるための、都合のいい口実かもしれない。よく考えてごらん」

ダニーは首をふった。「わかったわ」きっぱりと言う。「もう迷わない。あなたを信じるわ、アンソニー」

「ぼくはきみほど自分を信用できないが」アンソニーは皮肉めかして答えた。「きみが後悔しないことを祈るよ」

「後悔なんてしないわ」ダニーは穏やかに微笑んだ。「いつ出かけるの？」

「明日の朝」アンソニーはうわの空で答えた。「いや、昼前に出よう。今夜はほとんど眠れないだろうからね」ダニーの腿まで届くセーターの裾に手をかける。「可愛い乳首が立っているのがよく見える。毛糸が刺激しているんじゃないか？」

「わたしはちっとも――」答える間もなく、セーターを頭から脱がせられた。

アンソニーが身をかがめて、熱い舌を胸の先に這わせてくる。「これでちくちくしなくなっただろう、ダニー？」敏感な乳首を甘嚙みしたり吸ったりしながら、かすれ声でささやく。さらに片手を彼女の脚のあいだにさし入れて、たまらなく官能的に愛撫する。「これがきみの欲しいものかい？」

エロティックで巧みな愛撫にダニーはびくりとして、たちまち全身を火照らせた。「ええ、そう。それがわたしの欲しいものよ」

アンソニーはダニーをふたたびクッションの上に寝かせて、熱く真剣なまなざしで見つめた。「力を抜いて。今度は長続きさせたい。めちゃくちゃにきみをいかせたい」張りのある乳房を手で包み、ゆっくりと揉みしだく。「どんなことをすればきみが悦ぶか、知りたいんだ」薔薇色の乳首に唇を近づける。「すべて残らず」

アンソニーの巧みな手によって、ダニーの女の中心に火がつき、切迫したうずきが呼び覚まされた。「これが保険？」あえぎながら言う。

「そうとも」もう片方の乳房にも同じように刺激的な愛撫を与えながら、アンソニーは答えた。「保険だ。第一級のね」

雪はますます降りしきり、氷の上にも積もりはじめた。そろそろダニーを戻ってこさせなくては。

6

アンソニーは羊革のジャケットのポケットに両手を入れて、雪に覆われた岸辺からふたたび呼びかけた。「ダニー、もうじゅうぶんだ。ロッジへ戻ろう」氷上に出るとダニーがわれを忘れてしまうことを、彼はよく知っている。彼女は雪でざらつく池の氷の上を、ガラスの表面を滑るようにくるくる回転したり、跳んだりしている。アンソニーがもう一度呼ぼうとすると、ダニーがふり返って手をふり、彼はなにも言えなくなった。

彼女はなんて愛らしいのだろう。情熱に燃えて、優美で、生命力に輝いている。回転するたびに生き生きとゆれるポニーテールの赤い髪が、紺色のスケート用スカートと同色のセーターによく映えている。うっとりと夢見るような歓喜の表情は、遠い昔に見たのと同じだ。アンソニーは胸の奥でなにかが溶けるのを感じ、切ないほどの優しさに包まれた。彼女はまた星に手をのばしているのだ。もう少しだけ滑らせておいても害はないだろう。トリプル・ジャンプ、ダブル・アクセル、レイバック・スピン。すると突然、ダニーはこちらへ滑ってきた。雪片が星をちりばめたように全身に降りかかっている。彼女は暗褐色の瞳をきらめかせてアンソニーの目の前まで来ると、優雅に停止した。

「ハーイ、あなたのこと、知ってるわ。アンソニー・マリクでしょ、金メダルを獲った人よね。わたしもいつか金メダルを獲ってみせるわ」一瞬、言葉を切る。「そしてみんなから愛される人気者になるの」顔を輝かせて言う。「こんな感じだったわよね、アンソニー？　そしたらあなたはなんて答えたんだっけ……？」

ダニーが自分になにを言わせたいかはわかっている。ああ、もちろん愛しているとも。あのときの幼い少女と、目の前の誘惑的な女性が重なって見えた。彼女のすべてを愛するあまり、身を焼き尽くされそうなほどだ。なのにどうして、言葉にできないのだろう？

「ロッジへ戻ったほうがいい」アンソニーはぶっきらぼうに言った。「ラジオの天気予報では、午後から夕方にかけて大雪になるそうだ。今日はもう練習は無理だな」手を貸してダニーを岸辺に上がらせると、かがんで手早くスケート靴のひもをほどいてやる。「気温も下がってきている。つなぎのウェアを着るべきだったな」

「スカートのほうが好きなんだもの」スケート靴にかがみこむアンソニーの黒髪の頭を見下

ろしながら、ダニーはうわの空で答えた。彼のもとへ滑っていくとき、その瞳に無防備な心の想いが表れているのを見て、希望に胸が躍った。けれども今はまた心を閉ざしてしまっている。ロッジへ来てからの一週間で何度も同じようなことがあり、もう慣れてもよさそうなものだった。ふたりを隔てるバリアが溶けそうに見えたかと思うと、すぐに彼はまた新しい壁を築いてしまう。その拒絶に落ちこまずにいられるのは、今の幸せな気分のおかげだ。ダニーは憤懣《ふんまん》と痛みの入り交じった声で言った。「冷えてなんかいないわ。冷たいのはあなたのほうよ」

アンソニーはダニーの靴をていねいに鞄にしまい、かがんだ姿勢のまま、彼女の足にブーツを履かせた。「ぼくは暖かいジャケットを着ているから平気だ」彼はわざと誤解したふりをして答えると、ダニーの足首から太腿の内側へと誘うように愛撫した。冷たくなった脚を彼の熱い手で撫でられて、ダニーは全身がかっと火照った。身じろぎもできずに息をのむ。アンソニーは誘惑的な声で言った。「心配しなくてもすぐに暖かくなるよ。ロッジに戻ったらね」手を触れた場所にかがんでキスをする。「でもきみはもうすでに温まっているようだ」そっと歯を立てる。「とても甘くて――」

ああ、彼にゆるしてはいけない。この一週間、口論になりかけるといつも彼はこうしてうやむやにしてしまう。巧みなセックスで、彼が与える悦び以外はなにも考えられなくさせられてしまう。でも今日は違うわ。ダニーはアンソニーの豊かでつややかな髪に手をさし入れ、顔を離した。「ええ、温かいわ」慎重に言う。「あなたを想う気持ちのせいよ。この想いは止められない」真剣なまなざしで彼を見つめた。「わたしから言ってほしい？　そうしたらあなたは楽になる？　……愛しているわ」喜びと驚きらしき感情がアンソニーの瞳にゆらめくのが見えた。「でも一方的に言うだけではさみしいから、応えてほしいの」かすかに声を震わせて言う。「あなたもわたしを愛していると言って」

アンソニーが苦悩し、ふたたび表情を硬くするのがわかった。目をそらして、質問でごまかそうとする。「愛さないほうがむずかしいだろう？」立ちあがって、スケート靴の鞄を持つ。「きみはとても魅力的で頭もよくて、ぼくが寝たなかでは最高に感度のいい女性だ。きみを愛さないとしたら、よほどの阿呆《あほう》だよ」

「もう、知らない！」頰を叩《たた》かれたような気がして、ダニーは声を震わせた。涙で目を光らせて言う。「あなたのはぐらかしや、保険のセックスにはもううんざり。一度くらい、素直に心を見せてくれたっていいじゃない。あなたなんか嫌いよ！」

新雪にブーツの足元を取られながら、ダニーは坂道を駆けのぼっていった。雪が頰を濡らす——それともこれは涙？　違うわ、泣いたりするもんですか。アンソニーの言葉に傷ついたりしないわ。彼が傷つけたくて言ったわけじゃないのはわかっている。もっと辛抱強くならなきゃ。これまでもそう努めてきた。でも心を粉々にされずに、いつまで彼の心を隔てる防壁にぶつかっていけるだろうか？

こぢんまりとした丸木作りのロッジに入ると、ダニーは一目散にサウナへ向かった。かじかんで震えているのは、寒さのせいというより、やるせなさのせいだった。アンソニーが追ってこなくても意外ではなかった。今みたいに取り乱したわたしが、もうはぐらかしを受けつけないことを、彼はわかっているのだ。わたしが落ち着くのを待って、ユーモアや優しさでなだめすかし、あの素晴らしく効果のある得意の万能薬で丸くおさめようとするのだろう。

そしてわたしは彼をゆるしてしまうに違いない。この胸の痛みがおさまれば、わたしはこりずにもう一度試そうとするだろう。この一週間でわかったのは、なにも与えられないより、ほんのわずかでもいいからアンソニーの心を垣間見るほうがまし、ということ。彼を置き去りにしてきたことが、はったりであることをアンソニーに悟られませんように。彼にゆさぶりをかけるには、こうするしかなかったのだ。

浴槽とサウナが一緒になったバスルームへ入ると、ダニーはクリーム色と翡翠色《ひすいいろ》のタイルの床に服をさっさと脱ぎ捨てた。あとで片づければいいわ。そのとき、いい加減な自分と正反対の、アンソニーの几帳面さが思い浮かび、服を拾ってきちんとハンガーにかけた。わたしのだらしなさにさぞ神経をすり減らしているだろうに、アンソニーは一言もそれらしいことは言わず、顔にも出さない。なんの批判も疑問も抱かずに、わたしという人間のすべての面を彼は受け入れてくれているのだ。どうしてわたしはそうできないの？　それができたらどんなに楽だろう？

結局、パイン材でかこまれたサウナには入らず、熱い湯に浸《つ》かることにした。そのほうがすぐに温まるし、今のわたしには必要なものだ。骨の髄まで凍えている気がする。ダニーは浴槽の縁に頭を預け、素晴らしく熱い湯に浸かった。目をつぶり、心地よい湯の渦巻きに包まれていると、温かさと湯気で緊張がとけていく。心の痛みもこんなふうに簡単になくなればいいのに。でもいずれ時間がたてば癒えるだろう。一カ月後か、一年後かはわからないけれど。

「ダニー」

突然、アンソニーが浴槽に入ってきた。お湯があふれでていくのがわかる。彼が来る音がまったく聞こえなかったが、意外ではなかった。アンソニーの身のこなしは敏捷《びんしょう》かつ優雅で、物音ひとつたてない。

ダニーは目をつぶったまま、身をこわばらせた。「出ていって」かすれ声で言う。「今はあなたと顔をあわせたくないの」

「それなら目をつぶっていればいい」アンソニーは荒くかすれた声でささやいた。「ぼくは出ていくつもりはない」たとえようもなく優しく、ダニーを抱き寄せてゆする。「ぼくもきみが目をつぶっていてくれたほうがいい。そのほうが気が楽だ」抱きしめる手に力が入る。

「泣かないでくれ、いいね？」

「泣いてなんかいないわ」ダニーは否定した。「これは汗よ」

「本当に？」アンソニーはダニーの頰の滴を優しく舌でなめとり、肩のくぼみに頭を預けさせた。「ぼくにはそうは思えないが」

「出ていってよ」アンソニーに背中や肩をいたわるようにさすられて、ダニーは心が軟化しそうになるのを感じた。「セックスをする気分じゃないの」

「ぼくたちはセックスなんか一度もしたことはないよ」アンソニーはダニーのおでこに唇を押しあてて、くぐもった声でささやいた。「愛を交わすんだ。その言葉をたとえぼくが口に出せなくても、きみはわかってくれていると思っていた。でも、ぼくも今はそういう気分じゃない」

ダニーは体を緊張させた。「したくないの？」

「ぼくをどんな人でなしだと思っているんだい？」アンソニーは苦しげに言った。「きみが悲しんでいるのに気づかないとでも？　きみをなぐさめたいんだ。そんなに時間はとらせないよ」冷ややかに笑う。

「いいのよ」ダニーは言って、起きあがろうとしたが、アンソニーは彼女の頭を自分の肩に戻させた。「しかたがないってわかっているの」

「それなら努力したほうがいいだろう？　きみのそんな顔を見るのは二度と耐えられない。胸が引き裂かれそうだ」アンソニーは言葉につまりながらささやいた。「ぼくも――きみを愛しているよ、ダニー」

ダニーが頭を起こしても、今度は引き止められなかった。彼女はぱっと目を開けて、驚いたようにアンソニーを見た。いくぶん青ざめ、荒削りな男らしい顔を緊張させて、彼はダニーの目をまっすぐに見つめ返した。

「本当？」ダニーはかすかな声で言った。

アンソニーはもどかしげな表情を浮かべた。「そうでなきゃ、言うはずがないだろう？」うなるように言う。「こんなことを毎日言えるもんじゃない。もう一度、言わせたいかい？」

あまりのうれしさにダニーはめまいを覚えるほどだった。ああ、ついに最初のベールがはがれたのだ。今立ちあがったら、このまま雲に乗り、空へ舞い上がってしまいそう。「贅沢を言ったら幸運が逃げてしまうわ」ダニーは陽気に答えた。彼女の瞳の輝きを見て、アンソニーは胸に迫るものを感じた。「つぎはちゃんと言ってくれないかもしれないもの。年に一度ぐらい、さりげなく言ってくれたらわたしは満足よ」

アンソニーはダニーの頬をそっと両手で包んで仰向《あおむ》かせた。「それよりは多く言えるかもしれないな」甘く優しい口づけは、勝利でも敗北でもなく、魔法のような仲直りのあかしだった。「練習すればもっと言いやすくなると思う」アンソニーはダニーの両方のまぶたに羽根のように軽いキスをした。「愛している。ほらね。今度は口ごもらなくなった」

「無理しないで。上出来よ」ダニーは幸せそうにアンソニーに身を寄せ、喉や肩に小さなキスを浴びせた。「今のでじゅうぶんすぎるほどだわ」

「喜んでくれるのはうれしいが、そんなに熱烈に気持ちを表現しないでもらえるとありがたいな」アンソニーは忍び笑いして言った。「欲望じゃなく、愛情を表現しようと努力している最中なんだから」肩にもたれかかるダニーの髪を、後ろに撫でつけながら言う。「きみが飽きたら、服を着て、暖炉の前で話をしたり、トランプをしたり、なんでもきみの好きなことをしよう。それでいいかい？」

素敵な思いつきだわ。こうしてとても大切な宝物のように優しく抱かれ、アンソニー・マリクに愛していると口に出して言ってもらえるのと同じくらい素敵。ダニーは満ち足りた気持ちで思った。まだ闘いは終わったわけではないとわかっているけれど、それでもこれは大きな勝利だ。「いいわ」ダニーはうっとりと言い、アンソニーのおなじみのムスクと石けんの清潔な匂いを吸いこんだ。「アンソニー？」ためらいがちに呼びかける。「どうして言ってくれる気になったの？　なぜ今なの？」

短い沈黙があった。「耐えられなかった」アンソニーはようやく答えた。「きみのあんな顔を見るくらいなら、どんなことでもするさ。ぼくがきみの星をひとつ盗んだみたいな顔をしていた」

「星？」

うっとりするほど優しくダニーの髪を撫でながら、アンソニーは言った。「なんでもないよ」おでこにそっとキスをして言う。「こっちの話さ」

「わたし、よくなったわよね？」ダニーはジャケットを玄関脇のベンチに投げだして、有頂天で自分を抱いてくるりとまわった。「今日は感じたの。すべてと一体になれた気がしたわ。氷も風も音楽も、まわりじゅうのすべてと」

アンソニーはドアを閉めると、ジャケットを脱いだ。「昨日よりはよかったよ」慎重に言う。「あの開脚ジャンプはもう少し高く跳べたはずだが……」

「もう、アンソニーったら。……今日のわたしは上出来だったわ」ダニーはたたみかけるように言った。「認めなさいよ！」茶目っ気たっぷりに鼻にしわを寄せる。「そうしたら特訓のしすぎだというあなたの忠告が正しかったことを、わたしも認めるわ。あなたのエゴを満足させるのは気が進まないけど」

アンソニーはダニーのジャケットを拾いあげ、クローゼットのドアを開けた。ダニーに背を向けて、ふたりの上着をきちんとハンガーに吊るし、彼女のスケート用の鞄をしまう。彼の声はかすかにくぐもって聞こえた。「わかったよ、認めよう。きみは素晴らしかった。これで満足かい？」

「いいえ」ダニーはアンソニーの腕に手をかけて、自分のほうを向かせた。「ちゃんと顔を見て言ってくれなきゃ」暗褐色の瞳を躍らせて言う。「さあ、今日のわたしは最高に素晴らしかった？」

アンソニーは熱心にせがむダニーの顔を見下ろして、表情をやわらげた。「美しかったよ」素直に認める。「カルガリーでも同じぐらいの出来映えなら、金メダルを勝ち取って凱旋《がいせん》できる」彼はダニーの頰をそっと撫でた。「ぼくが思い描いていたとおりの、最高のきみだった。ぼくがもし千個の金メダルを持っていたら、今日のきみにすべてあげるよ」ふざけてお辞儀をする。「これでよろしいでしょうか？」

「よろしい」ダニーは咳払いすると、アンソニーに腕をまわして抱きつき、彼を驚かせた。「上出来よ。あなたもつねに進歩しているわ」彼が抱きしめようとすると、ダニーはくるりと身をひるがえして離れた。「ご褒美をあげなきゃ。夕食の前に、ホット・チョコレートを作ってあげる」いたずらっぽく笑いかける。「感謝してね。わたしが氷の上で一生けんめい滑っているあいだ、あなたは王さまみたいに岸辺でのんびり眺めていただけなんだから」

「それぞれの役割があるのさ」アンソニーは冗談っぽく言って、ダニーのジャケットをハンガーにかけ、整えた。「ぼくが王族《スルタン》で、きみが奴隷の娘という設定はなかなかいいね」

「いちいちわたしの服を片づけなくてもいいのに」クローゼットを閉めてふり向いたアンソニーに、ダニーは顔をしかめて言った。「ものすごくだらしない人間になったみたいな気分になるわ」あわててつけ加える。「いつもあとで自分で拾ってちゃんとかけてるのよ」

「すまない。きみの気を悪くさせているとは気がつかなかったよ」アンソニーはダニーの腰を抱いて、奥にある田舎風のキッチンへうながした。「覚えておくようにするが、約束はできないな。整理整頓は身についた習慣でね。十二歳までは二部屋しかない安アパート暮らしだったから。片づけないと、ひどいありさまになってしまうんだ」口を結ぶ。「ただでさえ最低の部屋なのに」

アンソニーが子供時代の話をするのは初めてだ。貧しい生い立ちであることを否定はしないものの、彼は過去についてはいっさい語ろうとしなかった。

「苦労したのね」ダニーは思いに耽るように言った。「わたしのだらしなさにあなたが閉口しても不思議はないわ」

「閉口してなんかいないさ」アンソニーは驚いて言った。「きみのような環境で育てば、そそれがあたりまえの習慣だろう。誰でも環境の支配からは逃れられないんだ」

「あなたは違うわ」ダニーはそっと言った。「安アパートで生まれ育ちながら、立派に成功した人生を送っている。それをどう説明するの？」

「貧しさのほかにも、環境から逃れるための動機がいくつかあったと言っておこうか」アンソニーはあいまいに答え、キッチンの食卓に坐り、長々と脚をのばした。「ホット・チョコレートを作ってくれる話はどうなったんだい、奴隷のお嬢さん？」

会話はこれで終わり、と明らかな態度で示され、ダニーは不満げに首をふりつつ、戸棚に向かった。彼を急かしてはいけない。それはわかっている。この二、三日、アンソニーは以前よりいくらか心を開き、話をしてくれるようにもなった。ダイナス・コーポレーションの経営にかかわる話や、アイス・ショーのスターだった頃の思い出話もしてくれたし、後援者のサミュエル・ダイナスについても、短く感情を交えずに語ってくれた。ダイナス老人はチャリティ目的のスケート大会に十二歳で出場したアンソニーを見いだし、のちにアンソニーのスポンサーに、さらには雇用者となった。けれどもアンソニーが避けている話題もあり、なかでもダイナス老人と出会う以前の暮らしについては決して語ろうとしなかった。ダニーはそれがもどかしくてならなかった。アンソニーのうちとけない性格は人生のその時期に起因していると思われるからだ。

まだわたしは、アンソニーが話してもいいと判断したわずかな人生の断片や私的な面しか知らない。それでも彼は毎日少しずつ緊張を解き、うちとけてくれるようになったので、本当にうれしく思っている。けれどさまざまな激しい感情が抑圧されていて、もっとも顕著なのは、ふたりの関係に〝必要〟と〝感謝〟という言葉をいっさい持ちこませまいとする、理解しがたいほどの強いこだわりだ。それからジャック・コワルトの話になると、怖いほど冷酷な嫉妬の炎を燃やす。そういうとき、ダニーはふたりが完全に理解しあうまでには、まだまだ遠い道のりがあることを実感する。

ダニーは小さな鍋をガス台に置き、ミルクを取ろうと冷蔵庫を開けた。「サミュエル・ダイナスとの出会いが、あなたの人生を大きく変えたのね」さりげない口調で言う。「シンデレラの男性版みたいだわ。あなたの話から推察すると、ご老人は被後見人であるあなたにイメージを守らせたかったようね」小鍋にミルクを注ぎ、弱火にかける。「あなたのご両親はどんなふうに受けとめていたの？」

「やめてくれ、ダニー」アンソニーの声の激しさに、ダニーは驚いて思わずふり向いた。表情はかげり、シルバー・グリーンの瞳は冷たく無感情だ。「きみのアマチュア心理学の実験台にされるのはもうたくさんだ」

「わたしはただ――」

「きみの考えていることぐらいわかるさ」アンソニーは荒々しくさえぎった。「なにかを決意したら、きみはブルテリアみたいにあきらめないからな。ぼくを心の闇から救おうとか、どうせそういうことだろう」不愉快そうに苦笑いを浮かべる。「ぼくの問題を心配する前に、自分の心の闇を払ったらどうなんだ」

ダニーは慎重に小鍋を火から下ろし、ゆっくりとアンソニーのほうを向いた。「どういう意味？」

「愛されたい、認められたい。そういうきみの飽くなき渇望のことさ。みんながダニー・アレクサンダーを愛さなくては気がすまないんだろう、違うかい？　ボウ、マルタ、コワルト、ぼく。きみは両親から決して与えられなかった愛と関心を、ぼくらみんなに埋めあわせさせているんだ。金メダルだって功績に対する褒美ではなく、人々の愛を買収するために欲しいんだろう？」アンソニーは冷ややかに笑った。「きみが自分でそう言ったじゃないか。忘れたのかい？　〝いつか金メダルを獲って、みんなに愛される人気者になるの〟ってさ」

ダニーは震えを感じて自分の体を抱いた。アンソニーの言う一語一語がナイフのように突き刺さる。彼の言うとおりなのだろうか？　わたしは人から注目してもらいたくて、必要以上に求めすぎているの？「覚えているわ」にわかに青ざめ、苦しげに、消え入るような声で答えた。「自分がそんなふうだなんて、ちっとも自覚していなかった」

アンソニーは瞬時に表情を一変させて、ダニーのそばに駆け寄った。「本当は違うからだよ」彼の優しい抱擁の温《ぬく》もりが、傷の痛みをやわらげていく。ダニーの額に唇を寄せて、アンソニーは傷ついた幼い少女にするように、そっとゆすった。「きみが愛されるのは、優しくて美しくて愛情豊かだからだ」彼女の髪に顔をうずめ、くぐもった声でささやく。「そのせいで、ぼくみたいなろくでなしの格好の標的にされてしまう。どんな鎧《よろい》も持たないきみは、中傷の矢尻をまともに身に受けてしまうんだ」

「でもあなたの言うとおりかもしれないわ」ダニーはつらそうに言った。「わたし、きっと――」

「あんなのは嘘さ」アンソニーは声を荒らげた。「きみの言葉についかっとなって、衝動的にひどいことを言ってしまったんだ」ダニーをふいに抱えあげ、食卓へ運んでいく。「そしてぼくは衝動的になると、決まって粗野に振る舞う。路上のやり方に逆戻りしてしまうんだ。ぼくが育った環境では、どんな卑怯《ひきょう》なパンチだろうと、相手を倒せば拍手喝采される」アンソニーはベンチに腰かけ、膝の上にダニーを抱いてゆすった。「さっきのは明らかに卑怯なパンチだったよ、ダニー」

生々しい痛みはアンソニーの気遣いによって、しだいに薄れていった。「たしかに抜群の威力だったわ」ダニーは弱々しくつぶやき、彼の鎖骨の下のお気に入りのくぼみに頬を寄せた。「まともに胸に食いこんだもの」

「見ていてわかったよ」アンソニーが耳元でささやく声はかすれていた。「気休めになるかわからないが、きみが傷つくと、ぼくはもっと胸が痛いんだ。まったく、いつもへまをやらかしてしまう」

「ありえないわ」ダニーは冗談めかして言った。「敏腕企業家で、交渉の達人のあなたが」

「きみが相手だとまるでかたなしさ」アンソニーはダニーのポニーテールのゴムをはずし、肩に髪を広げさせた。「きみを大切に思っているよ」

「そういうまわりくどい言い方はやめさせたはずだけど」ダニーはアンソニーの喉元に口づけて言った。「ちゃんと言って」

「愛している」アンソニーは砕けそうなほど強くダニーを抱きしめた。「本当に愛しているよ。すまなかった」

「それでよろしい」ダニーはわずかに震える声で言った。「誠実さがこもっていたし。いつもその調子でね。おわかりでしょうけど、わたしはこういうケアをしょっちゅうしてもらう必要があるんですからね」

「だんだんぼくも上手になってきたぞ」アンソニーはダニーの耳たぶを唇ではさんで引っぱ

った。「ベッドへ行こうか」

　ダニーは驚いて顔を引き、アンソニーを見上げた。彼の態度にはみじんも欲望は感じられず、さきほどの激しさとはうって変わって、まぶしいくらいに優しい気遣いにあふれている。

「今？」

「今」彼は穏やかに言った。「きみと愛を交わしたい。さっきのひどい言葉をきみの心から消し去れたことをたしかめたい。めいっぱい悦ばせて、ぼくの暴言を忘れさせたい。きみに与えたいんだ、ダニー」アンソニーの声には必死の正直な思いが感じられた。「きみが求めるような気のきいた言葉は言えないかもしれないが、この気持ちを示すことはできる。愛を交わすことは、ぼくがよく心得ている方法のひとつなんだ」

「どうやらそのようね」ダニーは涙で喉をつまらせながらも、いたずらっぽく目を輝かせた。「べつにかまわないのよ。あなたに無理な労働はさせたくないわ」

　アンソニーはダニーのからかいを無視して、真剣な口調でつづけた。「以前のきみが、ぼくの思いを信じてくれていたとは思えない。でもたんなるセックスじゃないんだ。きみと愛を交わすことには、もっと深い意味がある。それを示させてくれるかい？」

「それがあなたにとって大事なことなら」ダニーは涙でくぐもった声で答えた。

「ああ、大事だ」アンソニーはダニーを抱いたまま立ちあがると、大股でキッチンをあとにして寝室へ向かった。「とてつもなく大事なことだよ」

その午後のひとときをあとになって思い返すとき、ダニーは不思議な夢のような恍惚感にとらわれる。激しい荒々しさと淡いかすみのような断片が交錯する、忘れられない午後だった。たそがれに暗く沈む寝室で、アンソニーの顔はかげりを帯びて、シルバー・グリーンの瞳が燃えるように輝いていた。太腿をそっとたどる彼の巧みな唇。微妙な反応を察して信じられないほど優しく全身を愛撫する彼の手。その素晴らしさにダニーの頬を感激の涙が伝った。アンソニーはどうすればダニーが悦ぶかを知りつくしていて、ゆっくりと時間をかけて興奮をあおり、何度も絶頂へと駆り立てた。そして荒々しく交わったあとの体の震えと激しい息遣いがおさまる間もなく、彼はふたたびはじめるのだ。

耳元でささやかれるアンソニーの言葉。

「これが好きなんだね?」

「もっと触ってほしいかい?」

「きみのそんな声を聞くのが好きだよ。またあえぎ声をあげさせたくなる。なんて可愛いんだ」

「気持ちいいなら教えてくれ。少し違うやり方だけれど……ああ、やっぱり、気に入ると思ったよ」

愛の交わりは果てしなくつづき、甘い欲望のささやきにふだんの彼の横暴さはみじんもなかった。ダニーを悦ばせたいという言葉どおり、少年のような熱心さで、彼女がもらす甘いあえぎ声のひとつひとつに喜び、ダニーが同じ愛撫を返そうとすると優しくきっぱりと拒んだ。

午後の陽は傾き、やがて宵闇に沈む頃、アンソニーはようやくダニーを愛おしげに肩に抱き寄せて横たわった。眠気を誘うほど優しい手つきで彼女の髪をすいている。「表現がうまくなっただろう?」

「その点については異論はないわ」ダニーはまどろみながら言った。「二度とその口を開かせないようにしようかしら」ふいに笑いだす。「今さっきしてくれたことに使うときはべつとして」

「満足してくれると思ったよ」アンソニーが愉快そうに答える。「ぞんぶんに楽しんでくれたようだね」

「それはもう」ダニーは満ち足りたため息をもらした。「大満足よ」

「よかった」つかのま、さきほどの差し迫った口調に戻って、アンソニーは言った。「これがぼくの示したかったことだ。これからなにがあろうと、ぼくはこれだけはきみに与えられることをわかってもらいたい」

ダニーはかすかな気まずさを覚えた。今のひとときはあまりに美しく、ささいな言い合いで台なしにしたくなかった。「ひとつだけちょっぴり不満なことがあるわ」

アンソニーが緊張するのがわかった。「きみの気に入らないことをなにかしたかい?」

「冗談でしょう。あなたがしてくれたことのすべてを、わたしがどんなに堪能したかわからないなんて、どこまで鈍感な人なの」一瞬、口をつぐむ。「わたしはただ、あなたのことも同じように悦ばせてあげられなかったのが残念だと言いたかっただけ」

アンソニーは肩の力を抜いた。「またべつの機会にお願いするよ」軽い口調で言う。「申し出を覚えておこう」ためらってからつづける。「きみにしてもらいたいことがひとつある」めったに聞けないいたずらっぽい響きが彼の声には感じられた。

ダニーは気だるく答えた。「本当?　どんなこと?」

「ご褒美に値する働きをしたと思うなら、ホット・チョコレートを今作ってくれるかい?」

7

「本当に気分は大丈夫?」ソファの脇にアンソニーの分のコーヒーを置いて、ダニーは心配そうにたずねた。「夕食、ほとんど食べていないじゃない」

「大丈夫だ」アンソニーはかすかにいらだった声で答えた。「そうきくのは今夜もう三回目だぞ。どうしてそんなふうに思うんだ? 腹が減ってないだけだよ」

ダニーはひるんだ。アンソニーのいつになくきついもの言いが胸にこたえる。「ごめんなさい」小声であやまり、ソファの彼のとなりに腰かけた。「ずっと口もきかないし、お昼も食べなかったから心配で」

「瀕死《ひんし》の病人ってわけじゃあるまいし」アンソニーは辛辣に返した。「考えなきゃならないことがいくつかあるんだよ。そのうちのひとつは、どうやったらきみを規定演技に集中させられるかという問題だ。二セット目のトレースは最悪の出来だった。明日はブライアークリフへ戻って、翌日にはカルガリーへ出発しなければならないんだぞ。もう時間がないっていいうのに、きみはのんきに地区大会と同じ気分で、オリンピックに勝つつもりでいるんだからな」

　ダニーはかっとなって身を硬くした。「練習のしすぎだって言ったのはあなたよ。休むのか、練習をするのか、いったいどっちなの？」

「今さら議論しても遅い。このまま規定演技をまともにできないと、自由演技でおぎなうのが大変になるぞ」アンソニーは厳しい顔つきで言った。「審査員の目は格別に厳しいし、委員会がどう言おうが、愛国心が影響するのは間違いないからな」

「そんなことは知っているわ」ダニーは唇をわななかせて言った。「ときどき焦って、規定演技をしくじってしまうこともわかってる。でも上達したと思っていたわ。わたしはそんなに悪い状態なの、アンソニー？」

「よくはない」アンソニーはカップを取って、コーヒーをひと口飲むなり、顔をしかめて受け皿に戻した。「ひどい味だな。いったいなにを入れたんだ？」

　今夜のアンソニーはなんて感じが悪いのかしら。ダニーはむっとしながら思った。「今度はあなたに淹《い》れてもらうわ。なんでもかんでも仕切りたがる人なんだから」

「そうするよ」アンソニーは無愛想に答えた。「まともにできないなら、最初からやらないほうがいい」

「まさしく完璧主義者の発言ね。背中の神々しい後光が重たくない？」

「きみがそういう——」アンソニーは突然言葉を切り、かすみをふり払うかのようにかぶりをふった。「まいったな、いったいぼくはなにを言っているんだ？」うわの空で髪をかきむしる。「きみの言うとおりだよ、今のぼくの発言は傲慢もはなはだしい」

「同感よ」ダニーは震えるため息をついた。「それに今日の練習の出来映えは、そんなに悪くはなかったと思うわ」

「なんだって？」アンソニーはぼんやりとダニーを見た。「もちろん、上出来だったさ」心ここにあらずという感じで立ちあがる。「喉が渇いたな。キッチンで水を飲んでくるよ」そう言うと、困惑顔のダニーを残して、大股で部屋を出ていった。

夜が更けるにつれて、ダニーのとまどいと不安はつのるいっぽうだった。本人は否定しているが、アンソニーの状態がおかしいことは疑いようがない。目が異様なほどぎらつき、頬に不自然な赤みがさしている。必死に思考力を保とうとしているらしいが、しょっちゅう意識が飛ぶのか、支離滅裂なことを言ったりする。いつもの理路整然としたアンソニーとは別人のようで、ダニーは怖くてたまらなかった。

それでも彼はぐあいが悪いことを頑として認めようとしないので、ダニーはアンソニーも一緒に休んでくれることを期待して、早く寝ることにした。

　ダニーがシャワーを終えると、アンソニーはもうベッドに入り、身じろぎもせずに横たわっていた。紅潮した顔のなかで目だけが熱に浮かされたようにぎらつき、黒髪はくしゃくしゃに乱れている。ダニーは桃色の花柄のシルクのガウンを脱いで、ベッドに入った。ロッジで過ごすようになって初めて、アンソニーはのべてこなかった。ダニーは突然の寒さと孤独を意識した。「アンソニー？」小声で呼びかける。「なにか持ってきましょうか？　アスピリンとか、温かい飲み物とか？」

「いらない」アンソニーは抑えた声で答えた。ダニーは途方に暮れて言った。「ランプを消してくれ」

「でもやっぱりどこかおかしいわ」ダニーは途方に暮れて言った。「風邪を引いたんじゃない？」

「風邪は引いていない」アンソニーはきっぱりと答えた。「きみにしてもらうことはなにもないよ。早くランプを消してくれないなら、ぼくが自分で消す」

「わたしがやるわ」ダニーはサイドテーブルに置いてあるランプのスイッチを切った。ああ、どうしよう。アンソニーは絶対にどこかおかしい。どうして素直に認めて、手助けさせてくれないのかしら。それほど状態が悪いということ？　ダニーは冷たいパニックの発作に胸をつかまれた。最近、きわめて悪性のインフルエンザがはやっていて、肺炎をともなうと聞いた覚えがある。

「アンソニー、もし――」

「ぼくはどこもおかしくない」アンソニーはにべもなくさえぎった。「おやすみ、ダニー」

「おやすみなさい」ダニーはしぶしぶ答えて目をつぶったものの、涙で目頭が熱くなるのを感じた。彼は病気じゃない、と必死で自分に言い聞かせる。もしも今アンソニーになにかあったら、わたしも生きていられない。彼は身じろぎもせずにじっと横たわっている。触れてみなくても、体が熱いのが感じられた。熱があるの?

不安を抱えたまま寝ている時間は永遠にも感じられた。やがてうとうとしたらしく、ふとアンソニーが耳元で低く毒づく声で目を覚ました。眠い頭をもたげると、寝ているあいだにいつもの習慣で彼に寄り添っていたらしい。彼の様子は明らかに異常だった。「震えているわ」あわてて飛び起きたダニーは、アンソニーの肩に触れてみた。ものすごく熱い。ダニーは息をのんだ。「アンソニー、体が燃えるように熱いわ。寒気がするんじゃない?」

「寒気はない」アンソニーはぼそりと言った。「気力でおさまると思ったんだが。ときどきそうできることもあるんだ」いきなり起き上がり、床に脚を下ろした。「心配しないでくれ、自分で対処できるから」

「対処って?」ダニーがランプをつけると、アンソニーはぎこちない動きで服を着ようとしていた。いつも敏捷で優美な物腰の彼が不器用に振る舞うのを見るのは、ひどく恐ろしかった。ダニーは恐怖に喉を締めつけられた。「お願いだからベッドに戻って。あなたは病気なのよ、アンソニー。わたしの言うことを聞いてよ」

「ぼくは大丈夫だ」セーターをかぶりながらアンソニーはつぶやくように答えた。一瞬ふらつき、なんとか立ち直る。「自分でなんとかする」

ダニーはベッドを出ると、急いでガウンを着た。「熱があるのよ、わたしに手伝わせて。医者に診てもらったほうがいいわ」

「手助けの必要はない」アンソニーはクローゼットから羊革のジャケットを取りだした。

「どんな助けも無用だ」

「今は必要よ」ダニーはアンソニーのそばに駆け寄り、ジャケットを取りあげようとした。

「そんな高熱で外へ行かせるわけにはいかないわ。お願いだから寝ていて。わたしが近くの町まで下りて、医者を連れてくるから」

「いいや、ぼくが自分で行く」アンソニーはジャケットを奪い返し、袖を通した。「きみはベッドに戻れ。明日、きみを迎えにくるようボウに頼んでおくよ」

「ベッドに戻れ……?」ダニーは耳を疑った。心配でどうにかなりそうだというのに、おとなしく寝ていられるとでも思うの?「じゃあ、わたしも一緒に行くわ」クローゼットに向かい、セーターとジーンズを引っぱりだした。「一分で支度するから」

しかしアンソニーはすでに寝室を出て、ふらつきながら玄関へ向かっていた。「アンソニー、待ってったら！」ダニーはジーンズとセーターを抱えて、彼を追いかけた。「運転は無理よ。山道は急なヘアピン・カーブだらけなんだから。ただでさえ、夜道は危険なのよ。そんな状態で行くのは自殺行為だわ」彼女は玄関ドアを開けるアンソニーの肩にしがみついて止めようとした。凍えるような外気が吹きこんでくる。「一度ぐらい、助けを求めたらどうなの？わたしが必要だと言ってよ」

アンソニーはすがりつく手をふりほどき、獰猛な光を瞳に宿して、険しい顔でダニーを見下ろした。「必要ないから、そう言っているんだ。ぼくは誰のことも必要としない。今後も絶対に」ショックと悲しみに暮れるダニーを残して、アンソニーは大股でロッジを出ていった。

メルセデスのエンジン音が聞こえ、アンソニーは本当に曲がりくねった急な山道を運転していくつもりなのだと悟り、ダニーはあわてて外へ走り出た。

「だめよ！」山小屋の脇のガレージへ駆けつけると、アンソニーはすでに車を出して、私道を下りようとしていた。ダニーは雪に足を取られながら、必死に追いかけた。「アンソニー、止まって！」

車はスピードを上げていき、ダニーはついに追いかけるのをあきらめた。激しい息遣いで胸が痛い。頬を伝う涙も、凍える寒さのなかで薄いガウン一枚でいることも、まったく気づかずに、テールランプがカーブを曲がって消えていくのをただ見ていた。「アンソニー!」

翌日の午後にボウが迎えにきたときも、ダニーはまだ花柄のガウンを着ていた。しかし涙はとうに乾き、心は絶望に麻痺していた。

「それじゃあ、無事に山を下りたのね」ダニーはたずねるともなく言った。ボウを迎えにこさせるとアンソニーは言っていたので、その約束を果たしたのだ。もし崖から転落していたら、ボウの代わりにパトロールの警官が戸口に現れただろう。アンソニーが出ていってから、ダニーは警察のノックを予期して眠れぬ夜を過ごした。

「ああ、無事だったよ」ボウの目には同情があふれていた。「どうやって下りたのか、わからないが。ぼくが上がってくるときも、あの急なカーブにはずいぶん手こずったのに」ボウはなかに入ってドアを閉めた。「病院にいるアンソニーから連絡があって、きみを迎えにいくように言われたよ」

「病院?」パニックがダニーの麻痺した心を目覚めさせた。「アンソニーは病院にいるの?」

「二、三日入院するだけだ」ボウは安心させるように言った。「熱が下がったら、すぐに退院できるさ。いつもはこれほどひどくはならないんだが。キニーネを持参していたら、こんなことにはならなかったはずだ」ボウは愛情のこもったしぐさでダニーの頰に触れた。「あんなに想われてきみは幸せ者だぞ。アンソニーはきみのことしか頭にないようだったよ。まったくあいつらしくなかった」

「どうしてキニーネを持ち歩かなきゃならないの？」ダニーはボウの手をわずらわしげに払った。「彼はどこか悪いの？」

「マラリアだよ」ボウは驚いて答えた。「アンソニーから聞いていないのかい？」

「ええ、聞いてないわ」ダニーはぼんやりと言った。「彼はなにも話してくれないから。マラリアですって？　いったいどうして？」

「アイス・レビューの巡業で南米に行ったとき、蚊に刺されたらしい」眉根を寄せて考えながらボウは言った。「ブラジリアだったと思うが」肩をすくめる。「ともかく、かなり重症だった。原虫が長いあいだ体内にとどまるために、マラリア患者は再発を繰り返す。だからアンソニーはいつもキニーネを持ち歩いているんだ」

「ちっとも知らなかった。彼はなにも教えてくれなかったわ」

「アンソニーが自分の弱みを宣伝してまわると思うかい？」

「たしかにそうね」ダニーはふたたび絶望に襲われた。「自分が完全無欠な人間ではないことを、絶対に認めようとしない人だもの」目を閉じて言う。「昨夜はいつ気を失ってもおかしくない状態だったのよ」

ボウはうなずいた。「でも倒れはしなかった」静かに言う。「彼は無事だったんだ。もう考えるのはよそう」

「ええ、二度と考えたくないわ」昨夜、眠れずにそのことばかり考えて、もう一生分の心配はしたのだから。「アンソニーはどこの病院にいるの?」

ボウはためらった。「きみには教えるなと言われているんだ。ぼくと先にカルガリー入りして、向こうの競技場のリンクに慣れておくようにってさ。一週間後に合流すると言っていたよ」

「聞かなくてもわかっていた気がする」ダニーは寂しさに暗く沈んだまなざしで言った。「すっかり元気になってから堂々と現れるつもりなんでしょう。鎧のほころびを誰にも見つけられないようにね。わたしにさえも」

「きみに弱みを見せるのを怖れているわけではないと思うよ」ボウは困惑して言った。「アンソニーは自分の弱さと強さを、誰よりも心得ている。ただ、きみが恩義に縛られて尽くすようなことはさせたくないんだと思う」さらに説明をしかけたものの、ボウは口をつぐんでしまった。「あいつなりのわけがあるんだよ」

「あなたはそのわけを知っているんでしょう、ボウ？」ダニーは悲しげに口元をゆがめた。

「でもわたしは知らない。昨日のあとでは、この先も知らされることはないような気がするわ」震える息を大きく吸った。「チャンスをつかんだつもりでいたのに」寒気を覚えて自分の体を抱く。もう二度と温もりを感じることはないかもしれない。「ばかみたいでしょ？」

「チャンスはまだあるさ」ボウは優しく言った。「ぼくはきみよりほんの少し、あいつのことを知っているというだけの話だ。いろいろな経験をともにくぐり抜けてきたおかげでね。あいつに時間を与えてやれよ、ダニー」

「昨日の晩、死んでいたかもしれないのよ」ふいに瞳に怒りを燃やして、ダニーは激しい口調で言った。「崖から転落して命を落としていたかも。わたしの助けを拒んだせいで。助けがいると認めようとしなかったせいで……わたしの助けを！　どんな気持ちがしたと思う？　昨夜、わたしがどんな思いで過ごしたか、あなたはわかる？」

「アンソニーは心を病んでいるんだ」金色の斑点の散る瞳に優しい光を湛えて、ボウは言った。「ふつうの反応を期待してはいけないんだよ」

「昨夜のアンソニーはもっとも弱い状態だった。それでも助けを求めなかったんだから、今後もありえないわ」ダニーはシルクのガウンの袖を握りしめた。「あんな夜を過ごすのはもう二度とごめんよ。苦楽をともにわかちあえないような人とは生きていけない。アンソニーの表面的な生活しか知らされない人生なんていやなのよ！」力なく肩をすくめる。「ごめんなさい、ボウ。あなたにはなんの責任もないのに、泣き言を言ったりして」ダニーは寝室へ向かった。「三十分で着替えて支度するわ。発電機を止めておいてくれる？　裏の道具小屋のなかよ」

「やっておくよ」寝室へ入っていくダニーを気遣わしげに見送りながら、ボウは返事をした。

ブライアークリフに帰り着くと、ボウはふたたび、ダニーを押し包む絶望と悲しみの壁に穴を開けようと試みた。階段を上がる彼女を、心配そうに見つめる。

「こういうのは気に入らないな、ダニー」ボウは静かに言った。「アンソニーがきみを傷つけたのはわかるが、あいつを閉めださないでほしいんだ。きみが固く心を閉ざそうとしているのが、目に見えるようだよ」悲しげに微笑む。「これ以上、誰かが心に傷を負う姿は見たくないんだ」

ダニーはボウをふり返った。「あなたはべつよ、ボウ」穏やかに言う。「いつも本当に優しくしてくれるもの」

ボウは首をふった。「きみは自分が見たいと思うぼくの姿しか見ていないんだ」皮肉っぽく口元をゆがめる。「本当のぼくは、七年前の落ちぶれたろくでなしとたいして変わりはない。多少は成長して、自分をわかってきたかもしれないが」ダニーの目をじっと見つめる。つかのま、ボウの瞳が荒々しく金色に光り、ダニーはルイザの言葉を思いだした。金色の瞳の悪魔。しかしその妖しげな光はすぐに消え、いつもの気さくなボウに戻っていた。「ぼくだってアンソニーみたいに冷酷な皮肉屋になれるんだよ。きみはぼくの愉快な兄貴分としての面しか見ていないだけなのさ」ボウはおどけてお辞儀をしてみせた。「ほかのどのレディにも見せられない秘密の一面をね」

「そんなことを言っても説得力がないわ」ダニーは笑みを消して言った。「それにあなたはアンソニーとはまったく違う。あなたなら、昨日のアンソニーみたいなことはしないはずよ。人間の情の通った人なら誰でも」

「情の濃い人間ほど、人との関係で過ちを犯しやすいと言うよ」ボウは静かに言った。「そして一番傷つく。ぼくをそんなに理想化しないでくれ、ダニー」ほろ苦い笑みを浮かべて言う。「ぼくが魅力的な南部紳士を気取っていられるのは、大切に思うものがなにもないからだ。なにもかもどうでもいいと思っているのさ。アンソニーはその反対なんだ。大事に思うあまり、むずかしく考えすぎてしまう」

「理解する側にとってもむずかしいわ」ダニーは疲れたように言った。「もう闘って負けることにくたびれたの。アンソニーは昨日の夜、わたしに言ったわ。絶対にわたしを必要としないって。彼は本気で言ったんだと思う。今もそう信じているわ」

「まったく、なんてこった！」ボウは髪をかきむしった。「ふたりでちゃんと話しあうべきだぞ。病院の名前を教えたら、きみは見舞いに行って、アンソニーと話をするかい？」

「アンソニーの逆鱗《げきりん》に触れる覚悟はあるの？」ダニーは皮肉めかして言った。

「ぼくはアンソニーを怖れたことはないと言ったはずだよ」ボウはダニーの目をじっと見つめ返した。「恩義はあるが、それはまったく違う問題だ。そしてぼくは受けた恩は必ず返すことにしている。病院の名前を教えてほしいかい？」

ダニーは首をふった。「やめておく。アンソニーとは、昨日の晩にもう話は終わっているもの」無理に笑みを浮かべる。「もう一度、最初から聞かされたいと思うほどマゾな趣味はないわ」

「ダニー――」

「いやよ！」ダニーはけんめいにヒステリックな声を出すまいとした。「彼とは話したくない」階段を上りかけて、さっとふり返る。「ほかの人なら、ぜひ話したい人がいるわ。アンソニーの弁護士の連絡先を調べてくれない？　ドンレヴィーとかドンリーとか、そんな名前だったと思うわ」

「ダンリーだ」ボウは言った。「どうして彼と話がしたいんだい？」

「カルガリーへ出発する前に、とても大事な相談があるの」

「すぐに出発しなければならないんだぞ」ボウは困惑して言った。「戻るまで待てないのかい？」

「待てないわ。ここへは帰ってこないと思うから」ダニーは階段を上りながら言った。「今すぐ会わなきゃ。そんなに時間はかからないはずよ。今、その弁護士をここへ呼んでくれたら、今日の夕方にはカルガリーへ向けて出発できるわ」

8

「二時間も前から、ボウがあなたを捜していたのよ」ダニーが夕食のためにホテルのスイートルームに入るなり、マルタが言った。「ひとりでカルガリーの街を歩きまわらせるのは心配だって」顔をしかめて続ける。「わたしも同感よ。どんないかれたテロリストが、オリンピックを利用するかもわからないんだから。ミュンヘンの事件（一九七二年ミュンヘン五輪でイスラエル選手団の宿舎がパレスチナゲリラに襲撃された）を忘れたの？」

「これからは気をつけるわ」ダニーはコートを脱ぎながら身震いした。「思いだすだけで気分が悪くなる。でも街をぶらついていたわけじゃないのよ。朝の練習のあとで、滑降の競技を観にいったの」ダニーはまぶしい笑顔で言った。「わたしたち、金メダルを獲ったのよ、マルタ。すごいと思わない？」

「ええ、テレビで見たわ」マルタはまなざしをやわらげて、ダニーを見つめた。笑顔を取り戻してくれたことがうれしかった。カルガリーについてからの一週間、ダニーは物思いに沈んだ様子でほとんど口もきかず、マルタもボウも心配で気が気ではなかったのだ。「メダルを獲った選手は本当に素晴らしかったわね」

「最高よ」ダニーはクローゼットからハンガーを取りだしながら、共感の声をあげた。「わ、い、い、たしたち」うっとりと繰り返す。「今、わたしたちが金を獲ったって言ったけど、星条旗がゆっくりと揚がるのを見ていて、心からそういう気持ちになったの。誇らしい気持ちでいっぱいになったわ」ハンガーにかけたコートをクローゼットにしまい、ドアを閉めて、寄りかかり、高らかに国歌『星条旗』が演奏されるなか、国旗が風にはためくさまを思い返す。「わたし、泣けちゃった」ダニーは素直に言った。「突然、自分はひとりだけで出場するわけじゃなくて、国の代表なんだって気づいたの。そういうのはもう古いとか言われるけど、なんだかすごく愛国心が湧いてきちゃって」ダニーはふと表情をかげらせた。「アンソニーから前にこんなふうに言われたわ。金メダルが欲しいのは、世界じゅうの人々に愛してもらうためだろうって。あのときのわたしは、そういう気持ちも少しはあったと思う」ダニーは背筋をのばして胸を張った。「でも今は違うわ。金メダルを欲しい理由はたくさんあるけど、人の歓心を買うためではないことはたしかよ」

「アンソニーがそんなことを言うなんて」マルタは不満そうに言った。

「そのときは傷ついたわ。誰でも図星を指されるとそうでしょう」ダニーはマルタが腰かけているソファの向かいの椅子に坐った。「でもおかげで考えさせられたの。この一週間でいろいろなことを考えて、多少は成長できたと思う」ダニーは悲しげに微笑んだ。「以前のわたしは、自分を大人で賢いと思っていた」顔をしかめる。「ちょっぴりうぬぼれていたわ」マルタが反論しようとするのを手で制してつづける。「わたしは自己中心的なうぬぼれ屋で、自分の考えしか頭になかった。あなたやボウの愛情と支えを、あたりまえに思っていた。アンソニーの作ったガラテア像として知られることに腹を立てていたけれど、本当はわたしにはピグマリオンが必要だったんだわ。自分ひとりでは完璧な人間になんて、なれっこないもの」

「それで今は完璧になれた?」マルタがからかう。

ダニーは首をふった。「まさか。あと二、三十年はかかりそうよ」

「その三十年が欲しかったら、ボウやわたしがついていないときに、ひとりで出歩いたりしないこと」マルタは辛辣に言った。「あなたの安全を守ることもわたしたちの仕事の一部なのに、それをさせなかったわけですからね」

「ばかばかしい。ボウはコーチで、あなたはマッサージ師でしょう。わたしの護衛じゃあるまいし」

「そうかしら?」マルタは眉を上げた。「住み込みのマッサージ師なんて、必要だと思う?

アンソニーがわたしを雇ったとき、マッサージの腕よりも元陸軍婦人部隊《WAC》の護衛官という経歴のほうに関心があるようだったわ。マッサージよりもボディガードとしての職務を優先させてほしいと、アンソニーにははっきりと言われたの」

「ちっとも知らなかった」ダニーは驚きに目をみはった。「アンソニーなら、それくらいやりかねないかもね。防御壁を張るのが大好きだから」

「彼はあなたのことが心配で、守りたい一心なのよ」マルタは静かに言った。「あなたは有名な選手として知られているし、大金持ちの被後見人でもあるから。十代の少女にとっては、とても危険な立場よ。彼はいつもあなたのそばについていることはできないけど、どんなときもあなたの身の安全をたしかめていたいのよ」

「どうして教えてくれなかったの？」

「その必要がなかったから」マルタは穏やかに言った。「実際に起こらないかもしれないことで、あなたを不安にさせてもしかたがないでしょう。そして幸運にも、そういうことは一度も起こらず、わたしはあなたのマッサージ師としての仕事に集中することができた」マルタはにっこりした。「そしてあなたのよき友として役に立っていればうれしいわ」

「もちろんよ」ダニーはマルタの力強い手を包んで言った。「友だちとしてのあなたが最優先よ、マルタ」まばたきして涙をこらえる。「この六年間、わたしは本当に恵まれていたわ。

いろいろな意味で」

マルタは咳払いした。「この調子でがんばりましょう」きびきびと言う。「わたしたち四人は最高のチームなんだから」マルタはソファの脇のテーブルにある電話に手をのばした。

「さて、オリンピック村のボウの部屋に電話して、あなたの無事を知らせなきゃ。さっきかけてきたとき、すごく心配そうにしていたから」

わたしたち四人。そう考えると、ダニーの胸は突き刺されるように痛んだ。もう四人ではなく、これからは三人になるのだ。顎を上げて、毅然と微笑んだ。「そうしてあげて。ボウが心配でおろおろしていたらかわいそうだもの。いつものゆったりかまえたイメージが台なしね」

ダニーは椅子の背にもたれ、マルタが番号を押して、受話器に向かって話すのを見守った。今朝の練習ではとてもいい仕上がりだった。昨日は規定演技も予想以上の出来映えだった。きっと大丈夫。今は一日、毎時間集中して生きることだ。アンソニーに鍛えてもらったおかげで、わたしはどんなことも乗り越えていける。たとえ彼がいなくても。

「ダニー」

ダニーが注意を戻すと、受話器を置いたマルタは困惑した表情で、ためらいがちに告げた。

「アンソニーがソルトレイクシティから飛行機に乗るときにボウに連絡してきたそうよ。三時間前だっていうから、五時半にはこちらの空港に着いているはずだわ」

ダニーは腕時計に目を走らせた。「もう六時半よ」胸が破裂しそうなほどどきどきしているのに、冷静な声が出せるのが不思議だった。「まもなくこのホテルに着く頃ね」ダニーは立ちあがった。「着替えて、髪を整えてくるわ」急いでバスルームへ向かう。「でないとアンソニーに空想のばけものだと思われちゃう。スキー会場のものすごい風のせいで髪がめちゃめちゃだもの」わたし、ぺらぺらしゃべりすぎかも。ダニーは唇をかんで、落ち着いた笑みを浮かべようとした。「もし彼が来たら教えて――」

ドアにノックの音がした。力強くためらいのないノックだ。

「教える必要はなくなったようね」マルタは皮肉っぽく言った。「これはまぎれもなくアンソニーのノックよ」立ちあがって言う。「わたしは退散するわ。あなたが出てちょうだい。わたしはおじゃまのようだから」マルタはダニーをドアのほうへそっと押しやり、自分の寝室へ向かった。「さあ、行って。ガラテアはいずれピグマリオンと向きあう運命なんだから。案ずるより産むが易しよ」

マルタの言うとおりだ。一瞬、変身前のイライザ・ドゥーリトル（映画『マイ・フェア・レディ』（原作『PYGMALION』）のヒロイン）になった気がした。でもわたしは変わったのだ。ダニーは決然としてドアへ向かった。

黒のスーツにコートをはおったアンソニーは、見たこともないほどやつれて見えた。以前はブロンズ色だった肌は見る影もなく青ざめている。ダニーは胸が締めつけられた。彼はそれほどぐあいが悪かったの?

　けれどもアンソニーの態度に病気や弱さはみじんも感じられない。シルバー・グリーンの瞳を鮮やかに燃え立たせ、強烈に輝くオーラを放っている。「やあ、ダニー」彼は落ち着き払った声で言い、室内に入ってきてドアを閉めた。「無事に戻ってよかった。勝手にいなくなって、ボウやマルタを心配させるなんて無分別だぞ」

　ダニーは身がまえた。「わたしはこのとおり完璧に無事よ」反抗的に言ってから、深呼吸をして気持ちを静めた。アンソニーは今来たばかりで、マルタとの話は知らないのだ。ダニーは用心深く言った。「あなたの言うとおりね。今度からちゃんと行き先を告げるようにするわ」部屋のなかへ歩いていく。「坐ったら? あまりぐあいがよさそうには見えないわ。もう少し入院していたほうがよかったんじゃない?」

「三日前に退院した」アンソニーはチャコール・グレーのコートを脱いで、ソファに放りながら、いらだった口調で言った。ダニーは一抹の不安を覚えた。いつもの抑制のきいた几帳面な彼とは明らかに違う。全身から怒りを発しているようだ。「きみのショート・プログラムに間に合うように、急いで仕事を片づけていたんだ」

「あさってよ」ダニーは言った。「規定演技は予想よりうまく出来たんだけど」堰《せき》を切ったように話しだす。「東ドイツのノーラ・シュミットという子が今は一位なの。わたしは思っていたほど点数を稼げなくて。でもショート・プログラムの出来がよければ、暫定二位でフリー・プログラムに望めるわ」ペースを落として。ダニーは自分に言った。どんなに動揺しているか、アンソニーに悟られちゃうじゃない。「フリー・プログラムは総合点の五十パーセントだから、大いに勝ち目はあるわ。フリー・プログラムはわたしの得意種目だもの」

「全部知っている」アンソニーは気むずかしい顔つきで言った。「ブライアークリフを発ってからのきみの動向は、ボウが逐一報告してくれているよ。それより今朝、ダンリーがぼくを訪ねてきたわけを説明してもらおうか」

「今朝来たの？」ダニーはそわそわと椅子の背に張られた生地をいじった。「もっと早く行ったと思っていたのに。小柄だけどものすごく有能な人よね」

「そうだ」アンソニーはそっけなく応えた。「彼の唯一の失態は、きみのしていることをぼくが承知していると思いこんでいたことだ。本人のあずかり知らないところで何百万ドルもの屋敷を譲渡されるなんて、ふつうはありえないからな」彼は冷たい笑みを浮かべた。「きみがサインした二十万ドルの魅力的な約束手形については言うまでもなく。ダンリーはきみのことを誠実で義理に厚いお嬢さんだと、非常に感心していたよ。ぼくがこれほど怒り狂うわけが、彼にはまったく理解できないとさ」

「ブライアークリフは受け取れないと言ったはずよ」ダニーは椅子の背についた自分の爪の跡を見つめて言った。困ったわ、思っていたより厄介なことになりそう。胸の痛みはますますひどくなるいっぽうだ。「それに、あなたには借りがあるわ。今までの十数年間につぎこんでもらった金額は、新聞で報道されているよりもっと多いかもしれないけど。あなたの会計士に確認して――」

「黙ってくれ！」あまりの激しい口調にダニーが驚いて顔を上げると、アンソニーの瞳は怒りに燃えていた。「きみ自身、有能な会計士のようじゃないか。無情に金できっちり片をつけようとするなんて。ダンリーを通してきみがよこした高額の手切れ金の意味を、ぼくが理解しないとでも思ったのか？　あの約束手形の明白な意味を？」アンソニーは深く息をついて、必死に自制心を取り戻そうとしているらしかった。「ずいぶんと凝った演出をしてくれたが、あいにくすべて無効になったよ。譲渡契約書も約束手形も燃やしてしまった」

「そんなことをしても意味がないのに」ダニーは冷静に言った。「わたしはもう一度、同じことをするだけだから」

「いい加減にしないか！」アンソニーは拳を握りしめた。「きみからの絶縁状は、法的なものだろうと私的なものだろうと、受け取るつもりはない」ゆっくりと拳《こぶし》を開く。「ちゃんと話しあおうじゃないか。ぼくの病気のことで、きみが動揺していたとボウから聞いた。きみに迷惑をかけたならあやまるよ。あの晩のことはほとんど記憶にないが、病気の状態のぼくが魅力的とは言えなかっただろうことはよくわかる。でも努力を——」

「魅力的かどうかなんて！」ダニーは信じられないと言いたげにアンソニーを見た。「そんなこと、わたしが気にすると思う？　あなたは病気だったのよ。わたしは手助けをしたかった。あなたを助けるためなら、なんだってしたわ。わたしのことを、どんな自己中心的なわがまま女だと思っているの？」

アンソニーは表情をやわらげた。「ぼくがきみをどう思っているかは、わかっているはずだよ。はっきりと伝えたじゃないか」

「ええ、はっきりとね」ダニーは声をわななかせて言った。「わたしを愛していると。でもただ言葉を口に出せるようになっただけで、その本当の意味は理解していないのよ。あの晩にあなたはそれを証明してみせたわ。そして今日も」

「マラリア患者の骨の折れるつらい看病を、きみにさせたくなかったからだとしてもかい？」アンソニーは問い返した。「熱病患者の世話はきれいごとじゃすまされないんだぞ」

「きれいごとですませたいなんて、誰が言ったの？　わたしが唯一あなたに望むのは、本当のあなたを見せてほしいということだけよ。いい面も悪い面もすべて。あなたはそれをちっともわかってくれない。うわべだけのつきあいでわたしを満足させて、責任や困難はすべて自分で背負うつもりでいる。今までずっとそうしてきたようにね」ダニーの口調が激しくなった。「あの晩、あなたは死んでしまうかもしれなかったのよ。きっと崖からぶら下がっているときに、わたしが手をさしのべたとしても、拒むんでしょうね。あなたの顔をふたたび見られるかどうか、わからないまま不安に暮れさせておくほうがいいんでしょう」彼女の瞳は怒りに燃えている。「このまま指をくわえて、あなたの言うなりになるつもりはないわ。絶対におことわりよ。あの晩、あなたはわたしを粉々に打ちのめした。手助けの必要はない、今後も絶対必要としないって言ったわね。いいですとも、それでけっこうよ。でもわたしはあなたのように、安全な殻に閉じこもって生きていくなんてごめんだわ。今はあなたを必要としないすべを学んでいるところよ」ダニーは一瞬、言葉を切った。「わたしにとっては、それはあなたを愛さないすべを学ぶことでもあるわけだけど」

「またふりだしに逆戻りか」アンソニーは冷ややかに言った。「ぼくに失《う》せろと言うわけだな。しかしぼくがすんなり出ていくとはきみも思っていないはずだ。これからきみはぼくのものになる、と前にぼくは言ったね。きみがなんと言おうが、その事実は変わらない」アンソニーは苦い笑みを浮かべた。「ぼくはきみのように融通の利かない人間だから、きみを愛することをやめられない。胸がつぶれてしまう。きみへの愛はぼくにとって最良のものなんだ。これからもずっと」彼は進みでて、ダニーの肩に両手を置いた。「きみにとっても同じだと思っているよ。ぼくへの好意は失っても、ぼくを欲しつづけるだろう」突然、アンソニーはダニーを強く抱き寄せ、彼女の全身に甘い震えが走るのを感じて、皮肉っぽく微笑んだ。「ほらね。例の保険が役に立った。きみは夜にひとりで眠れずに、ぼくたちがしたいろいろなことを思い返して、もう一度してほしいと想い焦がれるだろう」カシミアのセーターの上から柔らかな胸を包み、重みをはかるようにもてあそぶ。「ぼくをベッドに迎えないかぎり、その熱い疼きはおさまらないだろう」アンソニーは催眠術にかけるような熱いまなざしでダニーの瞳をとらえた。「すでにそうなっているほうに大金を賭けてもいいよ。ぼくと同じようにね、ダニー」真っ赤に染まるダニーの頰を見て、アンソニーはほろ苦い満足の笑みを浮かべた。

「いずれ忘れるわ」ダニーはむきになって言った。「やっぱりな」

アンソニーは首をふった。「いいや、無理だよ。ぼくがそうさせないからだ。きみがどこを向こうと、ぼくはそこにいてきみに思いださせる。きみの影となり、目の前に立ちはだかる敵となる。一カ月もしないうちに、きみはぼくのベッドに舞い戻ってくるだろう」

「いいえ」ダニーはかすかな声で言った。「わたしはもっと強いわ」

「ほかの人間が相手ならね」アンソニーはシルバー・グリーンの瞳を冷たく燃えさせて、ダニーの胸を優しく揉みしだいた。下腹部の奥に熱く燻《くすぶ》るものをダニーは感じた。「自分自身との闘いとなると、まったくべつものであることに、いずれきみは気づくだろう」彼は手を下ろして、後ろへ下がった。「ぼくから身を引こうとしても、もう手遅れだよ、ダニー。ぼくはきみを追いかけていく。生きているかぎりずっと、いつもきみのそばにいる。どうするか選んでくれ」アンソニーはソファからコートを取って、腕にかけた。「心配はいらない。オリンピックが終わるまでは、きみを悩ませないようにするよ。試合がすむまでは会わないつもりだ」彼はドアに向かった。「競技に専念してくれ。ぼくは待てる。この十数年で待つことにかけては名人級になったよ」

「そんなことをしても無駄よ」ダニーは必死になって言った。

「いいや、無駄ではないさ」ドアのほうを向く瞬間、冷ややかだったアンソニーの目にむきだしの痛みがありありと浮かんでいるのが見えた。「それと、さっき、きみが言ったことは間違っているよ。崖からぶら下がっているときに、きみが手をさしのべてくれたら、ぼくは迷わずその手をつかむ。みすみす死んで、きみと引き裂かれたりするものか」

東ドイツのライバル選手が脚を高く上げて、バランスの取れた力強く優美なキャメル・スピンをしている。「まるで白鳥みたい」リンク・サイドでノーラ・シュミットのショート・プログラムを見ていたダニーは、となりにいるボウにささやいた。「それにとても力強いわ。

去年のブリュッセルの世界大会で三位になったときから、気づいていたけど。彼女のフリー・プログラムはもっとすごいでしょうね」

「そんなにすごくないわよ」マルタが横で不満そうにつぶやく。「脚が長すぎて、キリンみたいだわ」

「マージー・ブランドンのことも牛がスケートしているみたいだって言ってたわね」ダニーは愛情のこもった声で言った。「まるで動物園だわ」

「だって本当のことだもの」マルタは得意満面で言った。「ブランドンが規定演技で十四点しか取れなかったのに気づいた？」

「シュミットのプログラムは非の打ち所がない」ボウは、美しい見事なスピンでフィニッシュを決めた黒髪の選手を観察しながら言った。「古典的なスタイルと技術的な精確さで、一位は確実だろう。一回でも転んでくれたら、こっちにもチャンスがまわってくるんだがなあ。きみのプレッシャーも相当軽くなるだろうに」

ダニーは肩をすくめた。「形勢は予想以上に最悪よ」皮肉っぽい笑みを浮かべる。「つまり、たとえノー・ミスでも勝ち目はないってことでしょ」彼女は空色のシフォンの衣装を整えた。

「次はわたしの出番よね？」

「シュミットのスコアが出たらね」ボウが気さくな調子で言う。「それと、きみはミスなんかしないさ。きみもスカーレットも、なにがあっても生きのびていく強い女性だってことを忘れたかい？」

「覚えているに決まってるでしょ」ダニーは軽口を叩いたが、衝動的に午後のあいだずっときくのを避けていた質問をした。「ボウ、アンソニーは来ている？」

ボウはなかなか答えなかった。「来ているよ」ようやく静かに言う。「控え室には来ないと決めているらしい。アリーナの向こう側の一番前のボックス席にいる。それを知って、気持ちが乱れたかい？」

「いいえ、大丈夫よ」ダニーは安心させるようにボウに微笑んだ。アリーナの向こう側の観客席に努めて目を向けないようにする。アンソニーがどこにいるかまでは知りたくなかったが、気持ちは乱れていないと言ったのは本心だ。たとえふたりの関係がすっかり変わってしまったとしても。アンソニーがつねに無言の励ましで成功に導き、最大の力を発揮できるように念じてくれることはわかっている。そう考えると、ダニーは心が軽くなった。「かえって励まされるわ」

東ドイツの選手の第二スコアが発表されると、観客席から大拍手がわき起こった。「彼女の一位は確実だな」ボウはそっとダニーの背中を押して言った。「落ち着いて二位を狙っていけ」

ダニーのショート・プログラムは、難易度の高い技術と精妙な滑りを華やかに組み合わせた生き生きと弾《はじ》けるようなダンスだった。観客との一体感を感じ、全身で楽しみながら踊った。いわゆる古典的な定番ではない。大人たちの前で挑発的に踊る小悪魔的な少女のようだ。彼女の愛らしく魅力的な顔は、生きる喜びにあふれんばかりに輝き、観客はいつしかテンポのいい曲にあわせて手拍子をしはじめた。永遠に踊っていたいとダニーは思った。フィニッシュの美しく見事なシット・スピンでくるくるとまわりながら、あまりにも早く終わってしまったのが残念なほどだった。

ダニーはリンクの中央でちょっぴり息を切らしながら、頰を紅潮させ、暗褐色の瞳をきらめかせて、割れるような大拍手に応えて片手を上げた。成功の喜びに包まれて、一瞬だけ、思いきって観客席のアンソニーがいるほうへ視線を向けてみた。

彼はいた。ひとりだけ拍手もせずに無言で坐っている。けれどもその顔には、誇らしさと愛と、奇妙な悲しみが入り交じった表情が浮かび、一心に熱く彼女を見つめている。舞いあがる喜びに代わり、ダニーの胸に彼に対する痛いほどの優しさがこみあげてきた。彼女はあわてて目をそらし、ボウとマルタが待っている場所へ滑っていった。

ボウはダニーの鼻先に軽くキスをした。「暑い夏の日のミント・ジュースみたいに最高だったよ」スコアボードを見つめながら言う。「技術点だ。東ドイツをのぞいて高得点だな。東ドイツの審査員は五・五をつけた」口をへの字に結ぶ。「芸術点であんな点をつける度胸はないだろう。えこひいきが見え見えだからな」

「おまけに観客から袋だたきよ」マルタも不満げに言う。「わたしが首つり縄を引っぱってやるわ」

ダニーはボウの腕につかまって、スケートの刃に保護用のカバーをはめながら、はらはらする思いでスコアボードを見守った。「上出来だと思わない、ボウ?」神経質に唇を湿して言う。「あの五・五で、規定演技の得点をカバーするのがさらにむずかしくなったわ」

ボウはなにも言わず、じっとスコアボードをにらんでいる。

やがて得点がつぎつぎと表示されはじめた。観衆から歓声があがる。五・八、五・九、五・九、五・九……。

ボウはダニーを抱きあげて、有頂天でくるくるまわった。「やったぞ! みんな五・八以上だ。あの東ドイツのやつでさえ、五・七をつけているよ! これで二位確定のまま、フリー・プログラムに臨めるぞ。あとひと息だ!」

ダニーは三メートルも身長がのびたような気がした。雲の上を飛んでいるような気分だった。ボウの腕から下ろされると、今度はマルタが力強い腕でがっしりと抱きしめてきた。大成功だ! 観客たちは拍手喝采し、ボウとマルタは愛情たっぷりにダニーと抱擁を交わし、祝福してくれている。なにもかも最高だ。

ふと気づくと、ダニーの視線はアンソニーのいるボックス席に向いていた。彼はとても孤独に見えた。人生はじまって以来のこの快挙を、彼にも一緒に喜んでもらいたい。はるか向こうの観客席にぽつんと坐っているなんて、間違っているわ。ダニーは衝動的に、彼を連れてきてこのにぎやかな輪に入れてあげて、とボウに頼みかけた。

そのとき、アンソニーが優雅に立ちあがり、ボックス席を離れるのが見えた。背筋をまっすぐにのばして、毅然と肩をそらしている。たちまち彼の姿は観客にまぎれて見えなくなった。

「ダニー？」ボウは共感をにじませてたずねた。「大丈夫かい？」

どうしてこんなに失望に押しつぶされそうなのだろう？　アンソニーはどのみち喜びの輪に加わったりはしないだろう。一昨日のホテルで口論して以来、なにも変わっていないのだ。

「もちろん、大丈夫よ」ダニーは毅然と微笑んだ。「金メダルまで、あと三日も猶予があるんだもの」ボウとマルタと腕をからませる。「テレビ局のインタビューを耐え抜いたら、お祝いをしましょうよ」

9

「昨日はよく眠れたかい？」ボウはいつものように反対向きに椅子にまたがり、ベンチにいるダニーにたずねた。「緊張してる？」

ダニーは首をふった。「ちょっとはね。でも大丈夫」スケート靴を鞄にしまい、ファスナーを閉めて、控え室のベンチに置く。「十時ぐらいからぐっすり眠ったわ」

「今朝の練習の仕上がりもきわめて上々だったし」ボウは顔をしかめた。「よすぎるくらいだ。本稽古が最悪だと初演で大成功するっていうたとえもあるからな。今夜の本番でしくじるようなことにならないといいが」そう言ってからはっとして、情けなさそうにかぶりをふった。「聞いたかい？　ぼくのほうがよっぽど緊張しているよ」

ダニーは暗褐色の瞳をいたずらっぽくきらめかせた。「あなたの気が楽になるなら、リンクに戻って、二、三回転んでおきましょうか？」

「やめてくれ。ぼくの縁起かつぎのために怪我《けが》でもして、輝かしいキャリアを台なしにしたなんて、非難されるのはごめんだよ」

ダニーは優しい顔になって言った。「そんなことするわけないでしょ。わたしをここまでにするのに、それは一生けんめい力を尽くしてくれたんだもの。もしわたしが輝かしいキャリアを手にできるとしたら、あなたが何年も支えつづけてくれたおかげよ。わたしたちは最高のチームだってマルタが言ってたけど、本当ね」ダニーはボウの腕をぎゅっとつかんだ。「今夜の試合が終わったあとは、またチームで力をあわせて新しい挑戦に立ち向かうのよ」

ボウはダニーの手を包んだ。「ぼくたちは最高のチームだった」一瞬、言葉を切り、ためらいがちにつづける。「オリンピックが終わるまでは言わないつもりだったんだが、一週間後にはぼくはたぶんきみのそばにはいないと思う」ダニーの驚く顔を見て、あわてて言う。「もうぼくがついている必要はないよ。今夜の結果がどうなろうと、きみは間違いなくプロのアイス・ダンサーとしてひっぱりだこだ。きみにはスターの素質があるからね、ダニー」

「ずっとあなたが必要だわ」最初はアンソニー、つぎはボウまで。わたしは一度に大切な人をふたりも失ってしまうの？「わたしたちはチームなのよ」

ボウはそわそわと肩をすくめた。「じつを言うと、ぼくは一匹狼のタイプでね。鎖でつながれた生活には向いてないんだよ」寂しげに笑う。「こんなに長い期間、逃げださずにつづけられたなんて、奇跡だと思う」ボウはダニーの手をぎゅっと握りしめた。「前にも言ったけど、きみが思っているような立派な人間じゃないんだ」

「でもあなたは立派よ」ダニーは反論した。「いつもずっと――」

「だが、ときどきどうにも苦しくなるんだよ」ボウはさえぎった。金色の瞳の奥底に奔放で荒々しい光がきらめくのを、ダニーは見た。「アンソニーのように重圧に耐えていける人間じゃないんだ。そうなりたいとも思わない。浮かれ騒いで、やりたいように生きていくタイプなのさ」

「この六年間は重い責任を果たしてくれたじゃない」

「借りがあったからね」ボウはあっさり認めた。「アンソニーの最大の願いは、きみに金メダルを獲らせてやることで、それ以外では恩に報いることはできないとわかっていた。金でなければだめなんだ」

「それで六年間も彼のために働いたの？　やりたい仕事でもないのに？」ダニーはびっくりした表情でボウを見た。「信じられないわ、ボウ。旧約聖書のなかの話みたい」

「それほどの試練でもなかったよ」ボウは言った。「十四歳の女の子の頼もしい兄貴役をやるのは思いのほか楽しかった」いつもするように、ダニーの鼻をちょこんとつく。「そしてその女の子を、とても尊敬するようになった。この仕事に就く前は、ぼくの身内といえばたくさんの弁護士や遺産管理人しか知らなかった。だからこの六年間は、きみとマルタとアンソニーがぼくにとっての家族だった」

「でもあなたを引き止められるほど強い絆《きずな》ではないのね」ダニーは悲しげに言った。

「どの家族にもたいていはみだし者はいるもんさ」ボウは唇の端をゆがめて笑った。「でもこれが今生《こんじょう》の別れというわけじゃないよ。たまには放蕩《ほうとう》息子のように、夕食のごちそうをたかりにくるさ」

「喜んでごちそうするわ」ダニーは涙でかすれる声で言った。「いつでも来て、ボウ」咳払いしてつづける。「これからどうするの？　アイス・ショーに戻るつもり？」

ボウは首をふった。「七年前にクリニックを退院したとき、スケートはやめるつもりだった。なにごとも興味が長続きしないんだ。最初は楽しかったし、ぼくも若かったから、華やかなショー・ビジネスの世界や、すぐに寝てくれるファンの女の子にかこまれた生活を大いに満喫したよ」いたずらっぽく目を輝かせる。「そのおまけが一番楽しかったかな」

「わたしの聞いたところでは、そのおまけはショーを引退してもまだつづいているみたいだけど」ダニーは皮肉った。

ボウは冷笑した。「ほとんどの女性は、スポットライトと同じぐらい小切手帳に魅力を感じるからね」おどけて首をかしげる。「この見事な肉体美と抗いがたいカリスマ性は言うまでもなく」

「もちろん、そのふたつははずせないわ」ダニーは冗談めかして言った。「それじゃあ、これからどうするの？」

「ちょっと世界を放浪してみようかと思っている。マイアミで帆船を買おうと思っているんだ。ついでに乗組員を雇って、南米の海を巡ってこようかな」

「帆船？」ダニーはぽかんとしてきき返した。「なんだかまるで違う世界の話みたい。どうして南米なの？」

「もう冷たい氷はうんざりだからさ」ボウはわざとしかめ面で言った。「この老いて疲れた体に南国の太陽を浴びて癒されたいんだ」

「それとたくさんの南国の美女もでしょう？」ダニーは愉快そうに言った。

「それもいいな」ボウが笑うと目元に魅力的なしわができる。「スケートの代わりになにかスポーツをしないと、体形を保てないからな」

ダニーはくすくす笑った。「本当にしょうがない人」

「だから何度もそう言ってるじゃないか」ボウはふいにまじめな顔つきになった。「ぼくは誰にも、どこにも属さない人間だ。きみやアンソニーのように、安定した関係を誰とも築いたことがない」

ダニーの顔から笑みが消えた。「アンソニーに関しては当たっているかもね」硬い口調で言う。「彼ほど変化と縁遠い人はいないもの」

ボウはダニーの張りつめた顔をしばらくうかがっていたが、かぶりをふって言った。「このままの状態で、きみたちと別れるわけにはいかないよ」静かに言う。「他人がどうなろうと気にしないタイプの人間だが、傷つけあうきみとアンソニーを見殺しにして船出するわけにはいかない」

「じゃあ、まだしばらく一緒にいて」ダニーは無理に笑おうとした。

「そうするしかないだろうな」ボウはぶっきらぼうに言った。「ぼくは少し身勝手だったよ。こうなったらとことんつきあってやるぞ」

「ずいぶん怒っているみたいね」

「まさしくそうだからさ」ボウはダニーの手を放した。「アンソニーときみが問題をちゃんと話しあうのを、ぼくはやきもきしながら見守ってきた。だが、知的な大人同士にしては、ずいぶん話しあいが下手なようだな」

「簡単には解決できないこともあるのよ」ダニーは身がまえて言った。

「くだらない」ボウは一蹴した。「きみは誰を相手に話しているんだい？　才能ある十四歳の少女が、強い意志の力と血のにじむ特訓で、世界に通用するオリンピック選手に成長するのを、ぼくはこの目で見てきたんだぞ。そのきみの意志をもってすれば、アンソニーとの意見の相違ぐらい、解決できないはずがないじゃないか」

「これはわたしひとりの問題じゃなくて、アンソニーが――」

「アンソニーに譲歩させて、きみの思いどおりに事を運ぶことはできないよ」ボウは辛辣に言った。「それは犯罪に等しい行為だ」

ダニーはショックに目を見開いた。こんな冷酷なことを言うボウは初めてだ。「ロッジでなにがあったか知っているでしょう」

「アンソニーがきみのこしらえた居心地のいい小さな巣から転げ落ちたことは知っているよ。人を理想化するのは危険なことだと言ったはずだ」一瞬、ボウは口をつぐんだ。「しかし、決めつけることのほうがもっとたちが悪い。どんな権利があって、きみはそういうことをするんだ？　アンソニーの態度が逆戻りして、きみをつらい目に遭わせないようにかい？　きみはいったいどれだけつらい目に遭ってきた？　そう多くはないはずだ、アンソニーのおかげでな」

「どうしてそんなふうに言うの？」ダニーは涙で目を光らせて、小声で言った。「あなたらしくないわ」

「また例の理想像かい？　アンソニーと同様、ぼくもそういうのにはうんざりなんだよ」ボウはダニーの目を見て、力なく言った。「頼むからそんな人殺しを見るような目をしないでくれ。ぼくだって人に説教できる立場じゃない。きみと同じで裕福に生まれついたからね。でも少なくともぼくは理解しようと努めたよ」

「なにを理解するの?」ダニーは声を震わせてきいた。

「アンソニーを」ボウは答えると、髪をかきむしった。「ああ、ぼくはアンソニーの信頼を裏切ろうとしている」苦しげな顔で言う。「でもこうするほうが役に立つんだ」ボウは椅子の背に乗せた自分の腕をじっと見つめた。「アンソニーはきみには知られたくないはずだ。ぼくに話すときですら、ひどくつらそうだった」ボウは唇をゆがめて苦笑いした。「それでも打ち明けてくれたのは、ぼくがまさに自殺しかけていたからだ。クリニックに入院する直前だ。ぼくは自分自身の弱さにほとほと愛想が尽きていた。アルコール依存症が自己否定感を生じさせるなんて誰も知らないだろう。感傷にひたっているふりをしたけど、あんなのは大嘘だ。たとえ相手がきみでも、警戒心を解いて自分の無力さを認めることが、恐ろしくてたまらない」顔を上げたボウの目は暗い過去を見つめていた。

「アンソニーはぼくに、おまえは弱くなんかない、本当は強い男で、病気を抱えているだけなんだと信じさせてくれた。おかげで自尊心を回復できた。彼がどんなふうにぼくを説得したかわかるかい? 彼は言ったんだ、自分もその弱さを知っている、だから見ればわかるんだって」ボウは口をつぐんだ。「そして父親の話をしてくれた」

「お父さん？」

「母親は、アンソニーが物心つかないうちに亡くなったか、いなくなったかしたらしい。彼は父親とふたり暮らしだった」ボウは苦々しげに言った。「あんな親だったらひとりでたくさんだよ。酒と薬と自己憐憫《れんびん》に溺れるどうしようもない男だったらしい。人をあてにしてすがることしかできず、息子であるアンソニーが一番身近な寄りかかれる存在だった。父親が働いている姿を見た覚えがないそうだ。生活保護を受けてやっと暮らしていた。アンソニーのような気性の子供が、福祉の情けにすがって暮らすことで、どれほど苦しんだか、きみも想像できるだろう」

「ええ」ダニーは答えた。プライドが高く自立心の強いアンソニーにとっては、耐えがたい苦しみだったことだろう。「わかるわ」

「彼は学校が終わってから、近所のスケート場で働いていた。七歳の頃からだ。最初は雑用をしていたが、やがて監視員をするようになった。アンソニーは言わなかったが、稼いだ金は残らず父親に渡していたようだ。父親がいつも泣きついてくるんだと言っていたよ。おまえのおかげでどんなに助かるか、おまえをどんなに必要としているかって涙ながらに訴えてくるんだそうだ」

「ひどいわ」幼いアンソニーが、そんな重圧に耐えていたなんて。彼には子供時代などなかったに違いない。

「まったくいい父親だよな」ボウは皮肉をこめて言った。「なかでも最悪なのは、アンソニーはそれでも父親を愛さずにはいられなかったことさ。親を嫌いになれたら、働き蟻《あり》みたいに利用されたりしないで、自分のために金を使えただろう。神経がぼろぼろになって廃人と化していく父親を、傍観することができただろう。アンソニーが助ければ助けるほど、ますます父親を寄りかからせることになるんだ」ボウは大きく息をついた。「アンソニーが十二歳のとき、ダイナスと出会った直後に父親は死んだ。ぼくが聞いた噂では、サミュエル・ダイナスはじゃま者を消すためなら、ヒ素入りの酒をこっそり飲ませることぐらいは平気でやる男らしい」

頼りきりのどうしようもない親から、今度は冷酷無情な後見人の手にゆだねられるなんて。ダニーは思った。彼には選ぶ余地などなかったのだ。彼が残忍な怪物にならなかったのが不思議なくらいだ。そうなる代わりに、彼は血のにじむような努力を重ね、人から敬愛される立派な人になった。

「人に依存することをアンソニーが忌み嫌う理由がわかっただろう？」ボウは厳しい顔で言った。「依存という言葉で、忌まわしい過去がよみがえるんだ。なぜ彼があんなにむきになって、きみに強さと自立心を養わせたと思う？　多少熱心すぎたきらいはあるが、無理もないと思わないか？」ボウは一瞬、言葉を切った。「知っているかい？　あいつは今夜のきみの試合を観に来ないつもりだ」

「観に来てくれないの？」ダニーは目を見開いた。「でもそのために今までずっとがんばってきたのに。彼がいてくれなきゃ、意味がないわ！」

「覚えているだろう？　あいつは世界大会のときも、全米選手権大会のときも来なかった。観に来るのは、小規模の大会のときだけだ。パターンがあることに気づかないか？」

「わかってきた気がする」ダニーはゆっくりと答えた。「でもあなたから説明してくれない？」

「運命を決める大事な試合のときに、アンソニーがきみのそばにいたくないわけがないんだ。オリンピックは、きみと同じくらい、あいつにとっても重大な意味を持っている。そばにいてきみに依存心を持たせてしまうことを怖れているというのが、唯一考えられる理由だ」ボウはじっとダニーの目を見つめた。「正直、もしアンソニーがゆるしていたら、感情的に依存していたと思う時期が、きみにもあったはずだ。彼は、自分自身の力で勝ったことをきみに信じさせたいんだよ。たとえ、勝利の喜びをその場できみとわかちあえないとしてもね」

アリーナの向こうのボックス席で、ひとり孤独に坐っていたアンソニーの姿が、痛々しく思いだされた。今までに何度、彼はわたしのために、勝利をともに味わう喜びを自分に禁じてきたのだろうか?

「ばかな人」ダニーはまばたきして涙をこらえながら、かすれ声で言った。「彼は大ばかよ。たしかに彼に頼ってしまいたい気持ちになったこともあるけれど、そんな我慢までするなんて」

「アンソニーはそうしなければならないと考えたんだよ」ボウは静かに言った。「きみにとって最善だと自分が思うことをしてやりたいんだ。自分自身のつらい経験から、それがきみにとって最良のことだと思っているんだ。あいつの考えは間違っているかもしれないが、思いやりがないと言って非難したりはできないはずだよ。前にも言ったように、アンソニーの問題は情が深すぎることなんだ」

「よくわかったわ」痛いほどの強烈な優しさがダニーの胸にあふれた。彼を愛している。それこそが唯一大切な、明白に輝く真実であることに、なぜ今まで気づけなかったのだろう。ボウの言うとおりだ。わたしは自分の心の痛みばかり気にかけていて、ほかのことがなにも見えていなかった。ふいにパニックにとらわれた。自分の愚かさのせいで、アンソニーを失ってしまったらどうしよう?「ばかなのはわたしのほうだわ。どうして今まで教えてくれなかったの、ボウ?」

「きみが自分で結論にたどり着くことを期待していたのさ」ボウは言った。「ぼくがしびれを切らして助け船を出さなかったとしても、いずれきみは気づいただろう」

「そうだといいけど」ダニーは立ちあがって、ベンチの傍らに置いたコートを手に取った。

「あのまま意地を張っていたかと思うと、ぞっとするわ」

「どこへ行くつもりだい?」

「どこだと思う?」ダニーはコートのベルトを締めながら言った。「ホテルにいるアンソニーに会いにいくの」心配そうに唇をかむ。「カルガリーを発ってはいないわよね?」

ボウはうなずいた。「昨日話したとき、今夜のフリー・プログラムのあとで会う約束をしたよ」そう聞いて顔を輝かせるダニーに、ボウは優しく微笑みかけた。「あんまり興奮しすぎるなよ。アンソニーはとてもむずかしいやつだし、わかりあうにはまだきみたちのあいだに山ほどの違いがあるんだから」

「それにはまず理解が大事でしょう」ダニーは涼やかに言った。「これからは、誤解したまま、彼がそばを離れるようなことは絶対にさせないわ」

「すごい自信だな」ボウはからかうように微笑んだ。「ぼくは怪物を作りだしてしまったのかな?」

ダニーはボウの頬に軽くキスをした。「あなたが作りだしたのは、この先一生あなたの恩を忘れないオリンピック選手よ」ドアに向かう。「そしてその選手は、あなたがほめてくれた強い意志を、全然べつの種類の賞を獲得することに注ぐつもりでいるわ」

ダニーはホテルのアンソニーの部屋の前で立ちどまり、呼吸を整えて、みぞおちのざわめきを静めようとした。アンソニー、一生をともにしたい人。ほんの数日前、彼はわたしを愛していると言い、その事実は変えられないと断言した。わたしがすべきなのは、互いの溝を埋め、理解の手をさしのべること。人生でもっとも大事なむずかしい仕事を、簡単に考えていた自分が情けなくなった。こんなに緊張して頭のなかが真っ白な状態で、いったいなにが言えるというの？　ともかくやるしかないのだから、当たって砕けろ、よ。ダニーは思いきってノックした。

アンソニーがドアを開けたとき、ダニーが思いついたのはシンプルで説明のいらない方法だった。彼の腕に飛びこみ、泉のように湧きあがる全身全霊の愛をこめてキスをしたのだ。アンソニーが身を硬くするのがわかった。けれどもすぐにダニーを折れんばかりにかき抱き、激しいキスを返してきた。

彼の舌が滑りこんできて、欲望の硬いあかしを下腹部に感じ、ダニーは燃えあがるような心地がした。離れていた時間はあまりにも長かった。ふたりで過ごした二週間の魔法のような睦《むつ》みあいに、体がすっかり慣れていた。そして今、こうして深く求めあいながら抱きあっている。まもなく彼はキスを中断して、わたしを寝室に導くだろう。それからおなじみの巧みな手つきでわたしの服を脱がせて……。

「だめ!」なにを考えているの? このために来たわけじゃないでしょう。ダニーは唇を引き離し、アンソニーの胸を両手で押しやった。「放して!」

「どうして?」アンソニーはふたたび唇を重ね、最初と同じくらいとろけるような熱いキスをした。「これが欲しいんだろう。反応でわかるよ」そうささやいて、もう一度抱きしめる。「きみは厚着しすぎているぞ」片手でコートのベルトをほどき、前を開いて、自分の腰に押しつける。ダニーはあっと息をのんで、彼のもとへ来たのはこれが目的ではないことをしばし忘れた。彼はものすごく興奮し、ひとつに溶けあう準備が完璧にととのっている。

ダニーが無意識に身を寄せると、アンソニーが満足げにうなる声が聞こえた。「それでいい」素早くブラウスのボタンをはずしていく。「すぐにお互いが求めている場所へ行けるよ。ロッジを出て以来、ほとんどまともに眠れたためしがないんだ。飛び起きて抱き寄せようとすると、きみはいない」アンソニーは薄いレースに包まれたダニーの胸に触れ、その温もりにひるんだ。「そしてひとり、きみを欲しながら横たわり、きみがふたたびこの腕に戻ってきたらしてあげたいことを妄想するんだ。あの午後を覚えているかい? ぼくがきみに――」

「やめて、お願い。これが欲しいわけじゃないの」アンソニーの驚きの表情を見て、あわてて言う。「あの、もちろん欲しいけど、今じゃないということ」彼がじっと見つめたままなので、ダニーはけげんそうに眉をひそめた。無理もない。本来の居場所に帰ったかのように、たわわな乳房が彼のてのひらにこぼれているのだ。「わたしは話をしにきたと言いたかったの」

「だめだ」アンソニーの声が突然険しくなった。「きみがここへ来たのは、ぼくと同じように欲していたからだ。きみがまたあれこれ言ってぼくらの仲を引き裂いてしまう前に、この立場を確実なものにしないとしたら、ぼくは大ばか者だよ」アンソニーは口元をゆがめた。「今できることをして、残りはあとで心配しようじゃないか」

アンソニーの苦い口調が、ダニーを現実に引き戻した。彼は、最強の武器であることを自認する性的なテクニックで満たしてほしくて、わたしが会いにきたと思っている。今、その欲求に負けたら、わたしが彼に惹きつけられる一番の理由を、彼は誤解したままになってしまう。そんなわけにはいかない。これから先のふたりの人生は、信頼と理解に基づいた明るく透明なものでなければいけないのだ。

「そのために来たのよ」ダニーは穏やかに言った。「わたしに今できることをするために」ふいに茶目っ気たっぷりに目を輝かせる。「でもまず、その手をどけてくれないと、気が散ってしようがないわ」

アンソニーは胸を包みこんだまま、探るようにダニーの顔を見つめた。「この前、話しあったときより、ずいぶん機嫌がよさそうだね」用心深く言う。「一時的にきみの愛情を取り戻したと考えてもいいのかな？」

「一時的だなんてとんでもない」ダニーは静かに微笑みかけた。「あなたがそう望むならべつだけど」きっぱりとアンソニーの手を胸から離させる。「でも警告しておくけど、もしあなたが一時的な関係を望んでいるなら、わたしはどんなことをしてでもその心を変えさせてみせるわよ。あなたがしたように、性的魅力を武器にして脅迫するかもね」かすかに震える手で、ブラウスのボタンを留める。「まわりくどいのはもううんざり。お互いに疑ったり、決めつけたりするのは、金輪際やめましょうよ」ダニーは大きく息をついて言った。「わたしと結婚してくれない、アンソニー？」

「なんだって？」アンソニーは驚き、ついで疑念に目を細めた。「いったいどうして？　まさか妊娠したのかい、ダニー？」心配に顔を曇らせる。「予想しておくべきだったよ。一緒にいるあいだは、ほとんど予防措置を取らなかったからな。しなきゃいけないとわかっていたんだが、きみと愛を交わしているとつい夢中になってしまって。ああ、すまない――」

ダニーはアンソニーの唇に指をあてて黙らせた。「妊娠はしていないわ」きっぱりと言う。

「それにもしそうだったとしても、パニックになってあなたに泣きついたりはしない」唇から指をどける。「お互いの責任でしたことですもの。結果を受けとめて、自分で対処するわ」

アンソニーは怒りに顔をゆがめた。「最近の風潮か。ぼくの子供を堕《お》ろさせるわけにはいかないぞ、ダニー」

「妊娠はしていないって言ったでしょう」ダニーは愛情をこめて彼を叱った。「でももしそうなっていたら、わたしはびっくりするほど時代遅れの方法を選ぶでしょうね。あなたの赤ちゃんを産んで、一生愛して大切に育てるわ。だからもう、存在しないふたりの赤ちゃんのことは忘れて、わたしの言葉に集中してくれない？　たった今、すごく大事な申し出をしたばかりなのよ」

「まだぼくの質問に答えていないぞ」アンソニーはゆっくりと言った。「妊娠していないなら、どうして急に結婚したいだなんて言いだしたんだ？」口元に冷笑を浮かべる。「ぼくの記憶が正しければ、ほんの二、三日前は触るのも汚らわしい生き物のように思っていたのに」

ダニーはアンソニーの抱擁を解いて、後ろへ下がった。彼とぴったりくっついていたら、なにも考えられなくなってしまう。なんて美しい人なのだろう。ダニーは愛おしさで胸がいっぱいになった。少しやつれたせいで、男性的な顔立ちはいっそう彫りが深く見える。濃いグリーンのシャツが、瞳の薄いグリーンの輝きを宝石のように際立たせている。「びっくりするほど時代遅れな点は、あなたに対しても同じよ」ダニーはそっと言った。「未来のわが子のように、あなたのことも生涯愛して大切にするわ」

一瞬、アンソニーは頬をはたかれでもしたかのように、驚愕の表情を浮かべた。けれどもすぐに疑い深い顔つきに戻る。「知らないうちに、突然羽根でも生えたかな？　どうやってきみからそれほどの献身的な愛情を勝ち取ったんだろう」

「十四年前からそうだったわ」ダニーは素直に言った。「あなたはわたしに愛と誠実さを与え、今日までいついかなるときもわたしを支えつづけてくれたわ。ボウは、受けた恩は必ず返すんですって。わたしもそうするの。今まであなたが与えてくれたものを、そっくりお返ししていくわ。わたしと結婚してそのチャンスをくれない、アンソニー？」

「ボウが？」アンソニーの語気が鋭くなった。「くそ、ボウがきみを無理やりここへ来させたんだな？」きわめて下品な言葉で毒づく。「きみはまわれ右して帰るといい。ボウが恩を感じる理由なんかまったくないし、それはきみも同じだ。たとえボウがきみの義務だと言ってぼくに――」

「アンソニー、いい加減に黙って！」ダニーはきっぱりと叱りつけた。「あなたのこんがらがった頭の中身を少し整理させてもらえるとうれしいんだけど」憤懣と興味の入り交じったアンソニーの表情を無視して、ダニーは落ち着き払ってつづけた。「まず、感謝について。わたしは昔も今もあなたに感謝しているし、これからも感謝していくと思う。それがすべての議論の中心になっているように思えるの。あなたがどんなに感謝を受けたくないと思っているかはもう聞き飽きたわ。あなたに選択の余地はないんだから。あなたのお父さんが――」

「ぼくの父！」アンソニーは口元を硬くしてさえぎった。「またしてもボウの差し金か。どうりで突然、きみが同情してきたわけだ。ぼくは断じて――」

「あなたの首を絞めたくなってきたわ」ダニーは嘆かわしそうにため息をついた。「いったいどうして、わたしがあなたに同情したりするのよ？ あなたはわたしの知るなかでもっとも強くて、力にあふれた男性よ。ひとりぼっちで世界を敵にまわしていた幼い男の子なら同情するでしょうけど、あなたは違うわ。今のあなたはまったく別人よ。それにボウから聞かされる前に、あなたが自分で話してくれればよかったじゃない」ダニーは熱くなってまくしたてた。「わたしには知る必要があるってわからないの？」

「話したところでなにも変わらない。もうすぎたことだ」

「昔を知れば、今がわかるって言うじゃない」ダニーは優しく言った。「わたしたちの今が。理解というのが、わたしたちのゲームの名前よ。あなたの振る舞いのわけを知っていたら、ロッジでのあの晩、あれほど無力感にとらわれることも傷つくこともなかったわ。もっと安心していられた」ダニーはふいにいたずらっぽく微笑んだ。「あなたの頭をランプで殴って気絶させて、車に担ぎこんで、自分で運転して山を下りたでしょうね」

「ぼくの身の安全のためには、きみを多少不安にさせておいたほうがよさそうだ」アンソニーは皮肉っぽく答えた。ダニーがホテルの部屋に来て初めて、彼の口元にかすかな笑みが浮かんだ。「きみに任せていたら、流血沙汰になりそうだからな」

「もう遅いわ」ダニーはひらひらと手をふって言った。「あなたの目の前にいるのは、たぐいまれなる理解と自信にあふれた女性なんだから。心配しないで、いずれ慣れるわ」

「大いに安心したよ」アンソニーは声に優しさをにじませて言った。「本当にぶん殴られないように、じゅうぶん心に留めておくよ」

「そんなことにはならないから大丈夫よ」ダニーは暗褐色の瞳に優しい光を湛えて言った。「あなたが手をさしのべて、こう言ってくれさえすればね。〝ダニー、きみが必要だ〟って。いずれきっとそうしてくれると信じているわ。今日や明日じゃなくていいの。わたしは待てるわ。必要なら、五十年でも。だってあなたは間違いなくわたしを必要としているんですもの。わたしがあなたを必要としているようにね」

アンソニーはとまどった顔で言った。「ぼくはきみを愛している。それでじゅうぶんじゃないのか？」

ダニーは首をふった。「いいえ、じゅうぶんじゃないわ。人生のどこかで、あなたは誰かを必要とすることについて、誤った観念を抱いてしまったようね。あなたはそれを、人に依存し、自分を弱い立場に陥れることだと考えている。でも必ずしもそうとはかぎらないのよ。ときにはまったく逆に、そのおかげでお互いに強くなれることもあるわ」ダニーの顔はまばゆいくらいに輝いている。「誰かを愛したら、その人を必要とするのはもっとも美しくて自然なことよ。そのおかげであなたはより完璧に、より豊かに、より幸せになれるんですもの」ダニーは誠実なまなざしでアンソニーを見つめた。「あなたなしでは生きていけないわ、アンソニー。ボウはわたしをなにがあっても生きのびる強い女だと言ったわ。わたしもそのつもりよ。今夜の試合で、必ず金メダルを勝ち取ってみせる。絶対に。あなたに頼ったりしない。自分の闘いだもの。自分で闘って勝つわ。でもだからといって、あなたにそばにいて励ましてもらう必要を感じていないわけじゃない」ダニーはささやくように言った。「あなたはわたしのスケート靴をなめらかに滑らせる氷、わたしの翼を運ぶ風よ。わたしの恋人であり、親友よ。そういう相手を必要とすることは、恥でもなんでもないわ。いつかあなたもわかると思う」

アンソニーは衝動的に進みでた。「ダニー……」

ダニーは後ずさり、首をふった。激しくまばたきして涙をこらえる。「だめ、わたしに触れないで」声をかすれさせて言った。「今あなたに触れられたら、粉々になってしまう気がするの。あなたが長年叩きこんでくれた自制心を失うわけにはいかないわ」ダニーは唇をわななかせて微笑んだ。「だって今夜は、渾身《こんしん》の集中力が必要なんだもの」彼女は背を向けた。「もう行くわね。言いたいことはすべて伝えたから」

背中に呼びかけるアンソニーの声はヴェルヴェットのように柔らかく響いた。「ここにいてくれ、ダニー。きみを抱きしめたい」

ダニーはドアノブに手をかけて立ち止まった。「わたしもそうしてほしい」静かに言って肩越しにふり向く。「ボウが、あなたは試合を観に来ないって言っていたわ」

アンソニーはためらい、ゆっくりとうなずいた。「ああ、行かない」

「わたしはあなたに来てほしい。そばにいて、勝利か敗北かわからないけれど、ともに味わってほしい。この気持ちを伝えておくのがフェアだと思うの」ダニーは真剣な声で言った。「でも、あなた自身の考えで決めてほしいとも思っている。よく考えてみて。わたしがここにいたら、きっとベッドに入ってしまう。そしてあなたの判断を狂わせてしまうことになるでしょう」涙に目をかすませて微笑む。「あなたを賄賂でたらしこんだと思われたくないわ。だからやめておく」ダニーはドアを開けた。「あなたが来なくても、わたしは理解できる。

それでもあなたを愛する気持ちに変わりはないし、今夜の試合が終わったら、アリーナからこの部屋へ直行するわ」

ダニーはそっと出て、ドアを閉めた。

10

「頼むからじっと坐っていてちょうだい」マルタに肩をしっかりと押さえつけられて、ダニーはふたたび照明に照らされた鏡に向きあった。「まだ仕上げがすんでないんだから」

「お化粧は完璧よ」ダニーはそわそわと言った。「髪は素敵に結いあがっているし、あなたがスプレーでがっちり固めたおかげで、ハリケーンが吹いても崩れそうにないわ。もう外へ行ってもいいでしょう？　シュミットの演技を見たいのよ」

「もうちょっとだから」マルタは冷静に言って、化粧台の引きだしを開けた。「彼女の演技を見ても、なにかが変わるわけじゃないわ。よけいに緊張するだけよ」細長い、黒い革張りの宝石箱を取りだす。「それ以上、緊張できるものならね。顔が赤くて口紅を塗る必要もないくらいだし、熱でもあるみたいに目がらんらんと光っているし」マルタはふいに顔をしかめた。「まさか、熱があるのかしら」

「いいえ、最高に元気よ」ダニーは鏡のなかのマルタにおどけた顔をしてみせた。「リンクのボウのところで一緒に観戦させてもらえたら、もっと気分がよくなるわ」ダニーはマルタが持っている宝石箱に目を留めた。「それはなに？　演技のときは宝石をつけないの、知ってるでしょう？　じゃまで気になるのよ」

「これは大丈夫だと思うわよ」マルタは箱を開けた。「今夜、特別なメッセンジャーが届けてくれたのよ。宝石店からのメッセージに〝ミスター・マリクがあなたの衣装にあわせて特別に注文なさった品です〟と書いてあるわ」黒いヴェルヴェットの内張りがされた箱の中身をほれぼれとのぞきこむ。「完璧によく似合いそうよ。こんなシンプルなデザインのものを選ぶなんて、アンソニーは失敗したんじゃないかと思ったけど、妖精のプリンセスみたいに見えるわ」

ダニーは妖精がこしらえたかのような、細くて繊細な銀色のチェーンを箱から取りあげた。チェーンには美しいカットのダイアモンドがずらりと並び、まるで生きているかのようにきらきらと輝きを放っている。それぞれのダイアモンドは星形の台にはめこまれていた。「なんてきれいなの」ダニーはささやいた。「本物じゃないわよね？」

「もちろん本物ですとも」マルタは皮肉めかして言った。「メッセンジャーと一緒に警備員がついてきていたもの」ダニーの丸く結った髪に豪華なチェーンを巻きつけて、特製のピンでしっかりと留める。

マルタの言うように、完璧に似合っていた。ダニーの白いチュールの衣装はシンプルでエレガントなデザインで、袖は長く、襟ぐりは肩まで広く開いていて、ほっそりした胴の部分にはなんの飾りもない。ごく薄い生地のスカートが動きにつれてふわりとゆれて、古風な印象だ。なめらかな金色の肩と気高くのばした首が、真っ白な生地によく映え、豊かで鮮やかな赤い髪に巻かれたダイアモンドのチェーンのおかげで、高貴な雰囲気が漂っている。

「星の冠ね」マルタは後ろへ下がって、鏡に映ったダニーの姿をじっくりと眺めた。「審査員の目も釘づけよ。アンソニーはそれを狙ったのかしら？　審査員たちの潜在意識に働きかけて好印象を持たせるように？」

「そうかもしれない」ダニーはぼんやりと鏡を見つめてつぶやいた。一緒に熱い浴槽に浸かっていた午後の、アンソニーの謎めいた言葉が胸によみがえる。「でもわたしは違うような気がする」

「ともかく抜群に効果的なことはたしかだわ」マルタは力強い手で愛情をこめて優しくダニーの肩をぎゅっとつかんだ。「今夜のあなたは本当に素敵よ、ダニー。審査員たちをみんなまとめてノックダウンしてやれるわよ」

「自分がそうならないようにしなきゃ」ダニーは冗談めかして言い、肩に置かれたマルタの手に自分の手を重ねた。「さあ、もう試合の様子を観にいってもいい？」

「人と比べる必要なんてまったくないのよ」マルタは不満そうにぼやき、ダニーが立ちあがるのを手伝った。「氷の上に出ていくときは、それを忘れないでね」

「覚えておくわ」ダニーは答え、マルタの頬に軽いキスをした。「あなたも来る?」

「ここを片づけたらね。あなたの出番までには行くから」

ダニーはうなずいた。「じゃあ向こうでね」ドアを開け、がらんとした長い通路をリンクの入り口へと向かう。人っ子ひとりいないのもあたりまえだ。シュミットが金メダルをかけた最後の演技をするのを、みんな息をのんで見守っているのだ。〈白鳥の湖〉の序曲が終わろうとしている。シュミットのクラシックなスタイルを考えると、いかにもありがちな選択という気がするが、彼女は最高に美しい白鳥を演じることだろう。ダニーはてのひらが汗ばむのを感じて、柔らかなチュールのスカートで湿り気をぬぐった。動揺してはだめ。シュミットのスケートは素晴らしいけれど、わたしだって最高の演技をしてみせるわ。

リンクの入り口にさしかかり、カバーをつけたスケート靴でぎこちなく歩いていくと、陸に上がった人魚のような気分になる。ドアを開けると、音楽が鳴り響くように聞こえた。観客席の手前の通路は、選手、コーチ、テレビ局のカメラマンで混雑している。ダニーはテレビカメラからのびている電気コードを踏まないように気をつけて歩き、左手のほうにボウのブロンズ色の頭を見つけてほっとした。アリーナの向こう側のスコアボードを真剣に見つめている。

ダニーはボウの腕に手をかけた。「彼女、終わった？」小声できく。「どうだった？」

「よかったよ」ボウは憂鬱そうに答えた。「ものすごくよかった。技術点はカナダをのぞいてすべて五・九だ。カナダの審査員は五・八をつけた」スコアボードにふたたび得点が表示されはじめる。ボウが音をたてずに小さく口笛を吹く。「芸術点はそれほどでもないが、ともかく素晴らしい。きみはこれから彼女を一位の王座から引きずり下ろしにいくんだぞ」ボウはダニーを見た。「きみはいつも挑戦するのが好きだからね」

「今回は強敵だわ」ダニーは緊張して、唇をなめた。「相手がエースのカードを持っているのがわかってて、勝負するのは初めてよ」

「エースじゃないよ、ダニー。キングは何枚か持っているかもしれないが」背後から深みのあるヴェルヴェットのような響きの声がした。「エースを持っているのはきみだ」

アンソニー。

ダニーはめまいがするほどの喜びに胸を躍らせて、くるりとふり返った。ああ、アンソニーが来てくれた！

彼はグレーのコートをはおり、両手をポケットに入れて立っていた。髪が少し乱れている。

「十四年間、ぼくは勝負における哲学をきみに教えこんできたはずだ。もういい加減、学んだものと思っていたよ。きみは世界一のスケート選手だ。きみがすべきはただひとつ。舞台へ出ていって、きみが一番であることを観客に見せるんだ」

本当にアンソニーが来てくれた。言いたい言葉がつぎつぎに胸にあふれたが、喉がふさがったようで、口に出せない。「ハロー」ダニーはこの場にそぐわないあいさつで答えた。「来てくれてうれしいわ」

「来るしかないだろう」アンソニーは皮肉っぽく微笑んだ。「〝きみのスケート靴をなめらかに滑らせる氷〟がなかったら、困ったことになるじゃないか」

ダニーは照れくさそうに顔をしかめた。「わたし、本当にそんなこと言った？　恥ずかしいわ」

「多少、大げさではあるな」アンソニーは愉快そうに目を輝かせて白状した。「でもぼくは気に入ったよ」

「よかった」ダニーは小さく答えた。ふたりきりで話せるように、ボウが気をきかせて少し遠ざかったことをぼんやりと意識する。こんなに大勢の観客や選手がいるなかでそんなことをしても無駄なのに。「わたしが言ったほかの言葉にも、同じぐらい感動してくれたらうれしいんだけど」

「もちろん感動したさ。でもきみは、ぼくが返事をするひまもくれずに行ってしまった」アンソニーは一瞬口をつぐんだ。「イエスだ」

「イエス？」ダニーはわけがわからずにきき返した。「それはなんに対する答え？」

アンソニーは混雑した通路をもどかしげに見まわし、はっきりと言った。「結婚しよう。できれば今夜か、遅くとも明日には」

「ああ！」ダニーは息をのむほどまばゆい笑顔を返した。「ありがとう」

行儀よく聞こえないふりをしていた近くの人々から、どっと歓声があがった。

「どういたしまして」アンソニーはまじめな顔で言った。「〝きみの翼を運ぶ風〟として、光栄のいたりです」ダニーに歩み寄り、ポケットから片手を出して、てのひらを上に向けてさしだす。「愛する、そして……必要とするレディのために」

これ以上なにを望めるだろう。世にも美しく感動的な贈り物に、ダニーの全身全霊が温もりと輝きで満たされた。ダニーは彼の手に自分の手を重ねた。「アンソニー――」

「さあ、ダニー」ボウが優しく呼びかけた。「そろそろ出番だよ。きみの曲がはじまるぞ」

「えっ？」ダニーはうっとりときき返し、はっとわれに返った。アンソニーの手をぎゅっと握ってから放す。「すぐに戻るわ」彼に約束した。「待っていてね」

アンソニーはうなずいた。「待っているよ」そっと笑みを浮かべて言う。「十四年間待ったんだから、数分ぐらいあっという間さ」

ボウが肘に手を添えてダニーをリンクへとうながす。今の場面を目にした観客たちがざわざわと話しているのが視界の隅に映った。スケート靴の刃のカバーをはずすあいだ、支えていてくれたボウが、じっとダニーの目を見た。「準備はいいかい?」

ダニーは静かにうなずいた。「いいわ」

氷の上に降り立ち、リンクの中央へと滑りでていくダニーの耳には、大観衆の拍手喝采もほとんど聞こえなかった。完全にひとりきりになり、瞑想《めいそう》するかのように静かにうつむいて曲がはじまるのを待つ。準備はいい? ええ、完璧よ。厳しい練習と緊張、落胆と勝利の喜びの日々の果てに、ついに今日この瞬間を迎えた。この日のために生きてきたのだから、怖れることはなにもない。色とりどりに織りなされた思い出の数々が、わたしにそう教えてくれる。音楽がはじまった。ダニーが顔をもたげると、その輝くばかりの歓喜の表情に観客からどよめきがあがる。ダニーは滑りはじめた。

フリー・プログラムの振り付けは、ショート・プログラムとはうって変わり、しっとりとロマンティックで幻想的な雰囲気に演出されている。

悲しく美しい『ある日どこかで』のテーマ曲が、ラフマニノフの〈パガニーニの主題による狂詩曲〉に移り変わり、壮麗なクレッシェンドへと高まり、ゆるやかにしっとりとオリジナルのテーマへと戻って、胸を震わせる切ないラストシーンを迎える。ダニーは練習で何百回も踊ってきたが、ふいに今日初めて踊るような気がした。世界がまったく新しく生まれ変わったように。

出だしのゆっくりとした繊細で優美なダンスを、朝風のように軽やかに踊る。そしてこの素晴らしい音楽！　そっと誘いかけ、魅了し、心を満たす調べと、ダニーはひとつに溶けあうような気がした。やがて胸が痛いほど美しいラフマニノフの狂詩曲がはじまり、雰囲気が一転して、胸に迫る歓喜を謳《うた》いあげる。空へ舞いあがるような開脚ジャンプからトリプル・ジャンプへ、そして星に手をのばすかのようなレイバック・スピン。さらにトリプル・ジャンプ。華やかな音楽の中心に輝く星となって踊るのはわくわくするほど素晴らしい気分だった。やがて優しく深みのある最初のテーマがふたたびはじまると、それもまたダニーの心境にぴったりとあっていた。心をゆさぶる詩情とノスタルジーと歓喜。あふれるばかりの喜びにそこはかとなく悲しみが漂う。

曲が終わり、感動のあまり水を打ったように静まり返る大観衆を前に、ダニーはひざまずいて背中を弓なりにし、両腕を高く掲げてフィニッシュを迎えた。演技のはじめに観客を魅了したあの輝くばかりの歓喜の表情を浮かべている。彼女のかけた素晴らしい魔法から覚めたくないかのように、ためらいがいに拍手が起こる。やがて割れんばかりの拍手喝采と大歓声がわき起こり、ダニーは自分の夢から目覚めたようにわれに返った。

わたしは全力で踊りきったのだ。審査員がなんと言おうが、自分にとっては人生はじまって以来の素晴らしい出来映えだった。ダニーは立ちあがり、氷の上に投げられた花束を拾いながら、アンソニーの待つ場所へ戻っていった。ほとんど無意識に、にこやかに手をふりながらも、彼女のまなざしは向こうで待っていてくれる三人に向けられていた。アンソニー、ボウ、そしてマルタ。わたしの恋人と友人たち、わたしの家族。

ボウが熊のようにがっしりとダニーを抱きしめて、有頂天でくるくるとまわった。マルタが頬に涙を光らせて、愛情深い母ライオンのようにボウの腕から下ろされたダニーの肩を抱いてゆさぶる。「あなたは誰とも比べものにならないって言ったでしょう」感動に声を震わせてマルタが言う。「わたしの言ったとおりだわ！」誰かがダニーの腕に大きな赤い薔薇のブーケを押しつけた。まわりじゅう人でいっぱいだ。アンソニーはどこ？

取りかこむ人の輪からはずれたところに彼の姿を見つけて、ダニーは安堵の息をついた。もう、彼ったら、またあんなところにひとりでいて。勝利の喜びと賞賛の言葉をすべてわたしだけに味わわせようとしている。自分だけの力で勝ち取ったのだと信じさせるために。

「失礼」ダニーはマルタに赤い薔薇のブーケを渡して言った。「ごめんなさい、ちょっと通してください」群衆が分かれ、彼女はアンソニーの前に立った。

「ハイ」彼に両手をさしのべて、そっと言う。「待っていてくれてありがとう」

アンソニーのシルバー・グリーンの瞳は不自然に光って見えた。「喜んで」ダニーの手を取ってささやく。「どんな気分だい？」

「誇らしくて、すごく幸せで、わくわくする気分。あなたは？」

アンソニーはダニーの手をぎゅっと握り返した。「誇らしい。とても誇りに思うよ。きみは本当に素晴らしかった」ダニーの肩越しに視線を向ける。「技術点が表示されはじめたぞ。向こうを向いて、自分の目で見てごらん」

ダニーは首をふった。「いいの。あなたを見ていたいから」誇らしさと愛を湛えたアンソニーの表情をいつまでも記憶に刻みつけておきたかった。「あなたが教えて」

順々に点《とも》っていく数字を、アンソニーはゆっくりと読みあげていった。「東ドイツをのぞいて、すべて五・九だ。東ドイツの審査員は五・八をつけた」心配そうにダニーの目を見る。

「接戦だな。ぼくたちは勝てないかもしれない」

ぼくたち。勝利の喜びはわたしひとりに味わわせ、敗北のつらさはともに背負おうとしてくれる。ダニーはそんな彼への純粋な愛で胸がいっぱいになり、めまいがするほどだった。

「そうね」落ち着いた笑みを浮かべて言う。「でもわたしたちは全力を尽くしたのだから、悔いはないわ」

アンソニーはまたスコアボードに目を向けた。彼の緊張がダニーにも伝わってくる。「芸術点が出てきたぞ」彼が読みあげはじめたが、突然、すさまじい大歓声でなにも聞こえなくなった。「六、五・九、六、六、六」アンソニーが痛いほど強く手を握りしめてくる。「すごいぞ、あの東ドイツのやつでさえ、五・九をつけたよ！」

「わたし、巻き返せた？」

「ああ、巻き返したとも」アンソニーは感激に声をかすれさせて言った。「ついにきみは獲ったぞ、ダニー」

獲った。金メダルを。信じられない。会場は感動と興奮で沸き返っている。けれどもダニーが感じていたのは、自分の手を握るアンソニーの両手と、このうえない愛と優しさで彼女を包みこむ彼のまなざしだけだった。

ダニーは首をふった。「わたしたちが獲ったのよ！」穏やかに言い直す。「わたしたちが、ともに力をあわせて、翼を羽ばたかせたの」

アンソニーは優しく微笑み、ゆっくりとうなずいた。「ぼくの風がきみの翼を羽ばたかせたんだ」

あとがき

この夏は記録的な猛暑という予報で、節電とあいまって暑さ対策に苦労しそうですが、そんな灼熱地獄に涼風をお届けできるかもしれません。今回のアイリス・ジョハンセンの新作の主人公は、白銀の氷上を華麗に舞うフィギュア・スケートの選手たちです。

二十歳のダニー・アレクサンダーは、幼い頃からスケート一筋に打ちこみ、初めてのオリンピック出場のチャンスを迎えます。ダニーの両親は彼女が八歳のときに事故で亡くなり、元オリンピックの金メダリストであるアンソニー・マリクが後見人となって、彼女を一流選手に育てあげました。

アンソニーは弱冠二十歳で金メダルを獲り、フィギュア・スケート界の寵児としてもてはやされていましたが、本当は暗い過去をひきずる孤独な青年で、成功しても心はうつろなままでした。そんなとき、ある資産家のパーティーに呼ばれて、六歳のダニーに出会います。太陽のように明るく生き生きとして、愛らしくも芯の強い少女は、アンソニーにないすべてを持っており、彼は一目で魅了されてしまいます。

ところがまもなくダニーの両親が事故で亡くなり、ブライアークリフという美しいお屋敷は売却されることに……。アンソニーはその屋敷を買い戻し、ダニーの後見人になることを決めました。彼女への深い愛を胸の奥に秘め、少女が大人になるまでひたすら待ち続ける覚悟をして。

二十歳の青年と六歳の少女の運命の出会いに、抵抗を覚える読者もなかにはいらっしゃるかもしれません。けれども個人的には、あの光源氏と紫の上の至上の愛に重ねて、タブーすれすれの関係に胸をときめかせつつ、おおいに満喫いたしました（笑）。十四歳という年の差に、禁断のスリルを匂わせつつ、みじんも嫌悪を感じさせない美しい純愛に仕立ててあげてしまえるジョハンセンの才能に拍手です。

本書では、『澄んだブルーに魅せられて』（二見文庫）のヒーロー、ボウ・ラントリーが準主役として重要な役割を果たしています。ボウがブライアークリフに住むアンソニーとダニーを家族のように慕い、恋人のケイトに紹介したがったわけが、本書を読んでいただくとおわかりになるでしょう。今頃、ジョハンセンの物語世界のなかでは、ボウが愛妻のケイトを連れてブライアークリフを訪れ、アンソニーとダニーに引きあわせているかもしれません。ダニーとケイトなら、きっとすぐに仲良くなれることでしょう。

熱い夏の休暇に、雪と氷の世界で涼んでいただき、禁断の香りの年の差愛に、スリルとときめきを味わっていただけましたら幸いです。

二〇一三年八月

ザ・ミステリ・コレクション

きらめく愛《あい》の結晶《けつしょう》

著者　アイリス・ジョハンセン
訳者　石原《いしはら》まどか

発行所　株式会社 二見書房
東京都千代田区三崎町2-18-11
電話 03(3515)2311 [営業]
03(3515)2313 [編集]
振替 00170-4-2639

印刷　株式会社 堀内印刷所
製本　株式会社 村上製本所

落丁・乱丁本はお取り替えいたします。
定価は、カバーに表示してあります。

ISBN978-4-576-13121-4
http://www.futami.co.jp/

澄んだブルーに魅せられて
アイリス・ジョハンセン
石原まどか［訳］

カリブ海の小さな島国に暮らすケイト。仲間を助け出そうと向かった酒場でひょんなことから財閥御曹司と出逢い、ふたりは危険な逃亡劇を繰り広げることに…⁉

悲しみは蜜にとけて
アイリス・ジョハンセン
坂本あおい［訳］

セディカーンの保安を担当するクランシーは、密輸人を捕らえるため、その元妻リーサを囮にする計画を立てる。だがバーで歌う彼女の姿に一瞬で魅了されて……？

誘惑のトレモロ
アイリス・ジョハンセン
坂本あおい［訳］

若き天才作曲家に見いだされ、スターの座と恋人を同時に手に入れたミュージカル女優・デイジー。だが知られざる男の悲しい過去が、ふたりの愛に影を落としはじめて…

カリブの潮風にさらわれて
アイリス・ジョハンセン
青山陽子［訳］

ちょっぴりおてんばな純情娘ジェーンが、映画監督ジェイクの豪華クルージングに同行することになり…⁉ 大海原を舞台に描かれる船上のシンデレラ・ストーリー！

青き騎士との誓い
アイリス・ジョハンセン
酒井裕美［訳］

十二世紀中東。脱走した奴隷のお針子ティーアはテンプル騎士団に追われる騎士ウェアに命を救われた。終わりなき逃亡の旅路に、燃え上がる愛を描くヒストリカルロマンス

ふたりの聖なる約束
アイリス・ジョハンセン
阿尾正子［訳］

戦士カダールに見守られ、美しく成長したセレーネ。ふたりはある秘宝を求めて旅に出るが、そこには驚きの秘密が隠されていた…『青き騎士との誓い』待望の続篇！

密会はお望みのとおりに
クリスティーナ・ブルック
村山美雪［訳］

夫が急死し、若き未亡人となったジェイン。今後は再婚せず、ひっそりと過ごすつもりだった。が、ある事情から、悪名高き貴族に契約結婚を申し出ることになって？

危険な愛のいざない
アナ・キャンベル
森嶋マリ［訳］

故郷の領主との取引のため、悪名高い放蕩者アッシュクロフト伯爵の愛人となったダイアナ。しかし実際の伯爵は噂と違う誠実な青年で、心惹かれてしまった彼女は…

恋のかけひきにご用心
アリッサ・ジョンソン
阿尾正子［訳］

存在すら忘れられていた被後見人の娘と会うため、スコットランドに夜中に到着したギデオン。ところが泥棒と勘違いされてしまい…実力派作家のキュートな本邦初翻訳作品

ハイランドで眠る夜は
リンゼイ・サンズ
上條ひろみ［訳］
〔ハイランドシリーズ〕

両親を亡くした令嬢イヴリンドは、意地悪な継母によって〝ドノカイの悪魔〟と恐れられる領主のもとに嫁がされることに…。全米大ヒットのハイランドシリーズ第一弾！

その城へ続く道で
リンゼイ・サンズ
喜須海理子［訳］
〔ハイランドシリーズ〕

スコットランド領主の娘メリーは、不甲斐ない父と兄に代わり城を切り盛りしていたが、ある日、許婚が遠征から帰還したと知らされ、急遽彼のもとへ向かうことに…

ハイランドの騎士に導かれて
リンゼイ・サンズ
上條ひろみ［訳］
〔ハイランドシリーズ〕

赤毛と頬のあざが災いして、何度も縁談を断られてきたアヴリル。そんなとき、兄が重傷のスコットランド戦士を連れて異国から帰還し、彼の介抱をすることになって…？

愛は弾丸のように
リサ・マリー・ライス
林啓恵［訳］
〔デンジャラス・シリーズ〕

セキュリティ会社を経営する元シール隊員のサム。そんな彼の事務所の向かいに、絶世の美女ニコールが新たに越してきて……待望の新シリーズ第一弾！

運命は炎のように
リサ・マリー・ライス
林啓恵［訳］
〔デンジャラス・シリーズ〕

ハリーが兄弟と共同経営するセキュリティ会社に、ある日、質素な身なりの美女が訪れる。元勤務先の上司の不正を知り、命を狙われ助けを求めに来たというが……

青の炎に焦がされて
ローラ・リー
桐谷知未［訳］
〔誘惑のシール隊員シリーズ〕

惹かれあいながらも距離を置いてきたふたりが再会した場所は、あやしいクラブのダンスフロア。それは甘くて危険なゲームの始まりだった。麻薬捜査官とシール隊員の燃えるような恋

誘惑の瞳はエメラルド
ローラ・リー
桐谷知未［訳］
〔誘惑のシール隊員シリーズ〕

政治家の娘エミリーとボディガードのシール隊員・ケル。狂おしいほどの恋心を秘めてきたふたりが〝恋人〟として同居することになり…。待望のシリーズ第二弾！

蜜色の愛におぼれて
ローラ・リー
桐谷知未［訳］
〔誘惑のシール隊員シリーズ〕

過酷な宿命を背負う元シール隊員イアンと明かせぬ使命を負った美貌の諜報員カイラ。カリブの島での再会は、甘く危険な関係の始まりだった……シリーズ第三弾！

真夜中にふるえる心
リンダ・ハワード／リンダ・ジョーンズ
加藤洋子［訳］

ストーカーから逃れ、ワイオミングのとある町に流れ着いたカーリンは家政婦として働くことに。牧場主のジークの不器用な優しさに、彼女の心は癒されるが……